昨日之怒

张系国 著

当代世界出版社
THE CONTEMPORARY WORLD PRESS

图书在版编目（CIP）数据

昨日之怒 / 张系国著．—北京：当代世界出版社，2021.5
ISBN 978-7-5090-1410-3

Ⅰ. ①昨… Ⅱ. ①张… Ⅲ. ①长篇小说－中国－当代 Ⅳ. ① I247.5

中国版本图书馆 CIP 数据核字(2021)第 053462 号

书　　名：昨日之怒
出版发行：当代世界出版社
地　　址：北京市东城区地安门东大街 70-9 号
网　　址：http://www.worldpress.org.cn
邮　　箱：ddsjchubanshe@163.com
编务电话：（010）83907528
发行电话：（010）83908410
经　　销：新华书店
印　　刷：北京中科印刷有限公司
开　　本：480 毫米×200 毫米　　1/32
印　　张：8.5
字　　数：180 千字
版　　次：2021 年 5 月第 1 版
印　　次：2021 年 5 月第 1 次
书　　号：978-7-5090-1410-3
定　　价：49.00 元

目录

总序

海上风雷

王德威

青春与革命是现代中国文学最重要的主题之一。二十世纪初梁启超首开其端，以《少年中国说》(1900)召唤青春希望与动力，一时如应斯响。一九一五年九月，陈独秀等创办《青年》杂志，在发刊词中以初春、朝日比喻青年的朝气蓬勃，期勉中国新生代奋力创造未来。次年李大钊继之以《青春》《青春中华之创造》等文，宣称“盖青年者，国家之魂”。

这一青春想象的政治载体是革命。“五四”狂飙卷起，革命救亡还是启蒙淑世，成为一代青年对话或交锋所在，也成为启动文学现代性的契机之一。从叶绍钧的《倪焕之》(1927)，到巴金的《激流三部曲》(1933)、路翎的《财主的儿女们》(1947)、杨沫的《青春之歌》(1958)，每一世代作家都曾铭刻青年革命者与时代搏斗的轨迹，或彷徨，或呐喊，或牺牲。这些作品所汇集的想象资源至今影响不辍。

与此同时，大陆以外的华语社会也风起云涌。一九二四年，台湾青年杨逵（1906—1985）为了反抗童养媳婚姻、追求思想出路，东渡日本，因此接触进步活动。杨逵一九二七年回台后积极参与农民运动和新文化运动，一九三五年更以短篇小说《送报夫》赢得日本《文学评论》二等奖。小说以日本殖民资本主义势力对台湾土地的搜刮开始，描述一个留日台湾学生如何在异乡经历了经济、民族地位的不平等待遇，从而决心加入社会行动。这篇以日文创作的小说后由胡风译成中文，成为最早被介绍至大陆文坛的台湾作品之一。

一九三六年，江苏常熟青年教师金枝芒（陈树英，1912—1988）与妻子来到英属马来亚。金枝芒读中学期间即参加学生运动，一九三五年“一二·九运动”后涉入更深。当时许多前卫青年前往延安，金枝芒却选择下南洋。往后十年他厕身新马华人文教运动，同时参与地下抗日组织。“二战”后英国殖民者再度得势，金枝芒和他的同志转而抗英。一九四八年底，他加入马共丛林抗战队伍，辗转十余年，留下了相当数量的文字记录，最著名者为小说《饥饿》（1961）。

类似的故事所在多有。一九三二年，十七岁的黑婴（张炳文，1915—1992）从印度尼西亚棉兰来到上海就读暨南大学，结识新感觉派文人穆时英、施蛰存等，成为其中最年轻的一员。抗战爆发，黑婴返回印尼参加抗日活动，因此身陷囹圄。战后他担任《生活报》总编辑，出版短篇小说集《时代的感动》

（1949）和中篇小说集《红白旗下》（1949）。一九五一年，黑婴再次返回中国。一九四〇年，二十岁的新加坡华裔青年王啸平（1919—2003）回到中国参加抗日战争，加入新四军。新中国成立后，王啸平进入戏剧界，晚年以《南洋悲歌》（1986）等作回顾半生行止。王啸平的一个女儿也从事文学创作，她就是著名作家王安忆。

我们应如何看待这些作家？他们背景各异，但都是少小离家，四出冒险。他们都怀有一股无以名状的激情，企图改变自己或社会现状，也不约而同地在左翼理想中找到寄托。此处的"左翼"需要作广义理解，至少包括以下的特征：对抗传统体制、自居异端的勇气；"被侮辱与被损害者"的人道主义关怀；对社会、经济、政治不义现象的批判；对殖民及资本主义的反抗；对民族主义的追求；还有对跨越国际无产阶级联合阵线的号召。这些议题之间未必相互契合，但总能成为这些青年诉诸文学形式、不断辩证反省的焦点。

更重要的是，这些青年游走中国大陆内外，比起"五四"新青年，更多了一层跨地域、跨文化的经验。尤其在当时南洋与台湾的殖民地地区，族裔的差异、语言的分歧、家国想象的出入，甚至生态环境的变化都形塑了他们文字的特殊性。马来亚的威北华（李学敏，1923—1961）在印尼参与民族独立战争时，从印诗人安华（Chairil Anwar）、荷兰作家马斯曼（Hendrik Marsman）学得现代派技巧；"台湾第一才子"吕赫若（吕石堆，1915—1951）留日时期深受日本左翼运动影响，他的笔名传说取自朝鲜作家张赫宙与中国作家郭沫若。吕赫若的小说《牛车》

一九三六年也由胡风译为中文。

一九三八年，来自台湾美浓的客家青年钟理和(1915—1960)只身前往伪满洲国。他是日据时代少数能以流利白话汉文创作的作家，他的中国经验尤其与众不同。钟的同父异母的二哥钟浩东(1915—1950)为影响其最深者。钟浩东曾赴广东参加抗日，“二·二八事件”后，因密谋反国民党工作被捕遭处决。“我不是爱国主义者，但是原乡人的血，必须流返原乡，才会停止沸腾！”钟理和在人生的最后阶段，原乡情结如斯沸腾。

二十世纪中期冷战格局形成，国民党退居台湾。海峡局势虽逐渐稳定，但意识形态的禁忌无所不在。这是一个苦闷的年代。西方思潮的引进，岛内政治生态的改变，都促使有心的知识分子反思：他们应何去何从？一九六七年，出身台湾世家的郭松棻(1938—2005)前往美国加州大学伯克利分校专攻比较文学。此时越战方兴未艾，全球躁动不安，美国学潮、法国工运、中国“文革”，让郭松棻深有所感。他从存在主义哲学转入左翼哲学。一九七〇年，郭投入“保卫钓鱼岛运动”，尽心竭力，竟致放弃博士学业。爱国的激情使他不能见容于台湾当局，被迫羁留海外多年。“保钓运动”烟消云散后，郭回身转向创作，铭刻所来之路，赫然发现这才是安身立命所在。

当代台湾最重要的马克思主义倡导者非陈映真(1937—2016)莫属。他的创作始于一九五〇年代末期，小说《我的弟弟康雄》呈现淡淡的郁悒色彩，和无以自处的存在焦虑，充满现代主义色彩。但他迅即转向关注人间疾苦，以及社会公义问题；在戒严的年代里，鲁迅其人其文成为他最大的精神寄托。到了二十世纪六十年代中期，陈映真左翼人道主义的信念已经浮上台面。一九六八年，陈因思想问题被捕入狱，成了另一种“白色恐怖”牺牲者。

作为一位有坚定意识形态信仰的作家，陈映真对自己的付出无怨无悔。一九七五年出狱后，他仍然以卫道者的姿态批判跨国资本主义对台湾的侵害，以及第三世界国族政治的问题。但对革命实践之后所暴露的巨大落差和变形，他不能无感，因此有了一九八〇年代著名的“山路三部曲”（《山路》《铃铛花》《赵南栋》，1984）。透过《山路》里曾经向往革命精神的老妇，陈映真发出鲁迅式“抉心自食”的追问。

阅读陈映真的一大门坎，是意识形态及文学创作间的辩证性。我们无法规避陈映真的政治信仰，只谈他的创作，但也不能完全依照作家的意识形态，强为他的作品对号入座。细读陈映真的作品，我们得见其他线索：从个人（政治或伦理）主体性的所伤，到群体生活的荒谬疏离，再到信仰与沟通的二律背反。他质问人性沉沦与扭曲的问题、罪与罚的问题、忏悔与救赎的问题，或沉郁低回，或义愤悲悯，无不真诚动人。

以上脉络勾勒近一个世纪以来，海外华语世界的青年如何投身时代风潮，又如何以文字铭刻身心的历练。这一脉络却往往被文学史所忽略或简化。近年有关陈映真、郭松棻等人的事迹逐渐得到重视，他们的主要作品也先后在大陆出版。但还有更多的作者和作品有待发掘。“海上风雷”系列即是希望呈现其中的精彩部分——那些青春岁月的冒险，那些激情与怅惘的故事，不应被历史遗忘。

二十世纪六十年代末的美国各种运动此起彼落，一批自台湾、香港留美的学生也纷纷投入其中。一九七〇年台湾外海的钓鱼岛主权突起争议，一夕之间蕞尔小岛成为海外民族主义运动的象征。除了前所论及的郭松棻，刘大任(1939—)更是当时的领导人物。他们感时忧国的激情与执着，不啻是“五四”精神的延伸。不同的是，“五四”热血文人的极致是文学退位，革命先行，而刘大任等人却是经历了政治洗礼后返璞归真，以文学为救赎。

“保钓”之后，刘大任以一种宛如自我放逐的姿态远赴非洲。赤道归来，他开始提笔为文。他的作品或痛定思痛，或云淡风情，但字里行间总潜藏一脉不甘蛰伏的心思。他写亲情友情的乖违，吉光片羽的启悟，举重若轻，无不是拼贴历史碎片、检视前世今生的尝试。小说成为一种谦卑的、反观自照的方法，一种无以名目的行动艺术。《浮游群落》(1982)中，刘大任回顾上世纪六十年代就读台大时所经历的“情感教育”。在白色恐怖的氛围里，在美式文化的洗礼中，一群血气方刚的大学生面对现实藩篱，摸索乌托邦的可能，却上下求索而不可得。他们呐喊，他们彷徨。一切悬而不决，一股虚无的感觉悠然升起。这本小说不啻是刘大任为一代台湾留美学生写下的前传。四十年来家国，当年的激情与壮志烟消云散，老去的作家有了此身虽在堪惊的惆怅。

相对于刘大任的传奇经历，张系国虽然亲历“保钓”，毕竟保持相对客观立场。时移事往，他一样不能忘情当年“保钓”经验——一群海外留学生最后的青春印记。张系国的《昨日之怒》（1978）名为虚构，其实此中有人，呼之欲出。他的风格堪与刘大任形成对话。刘大任现身说法，以今日之我自剖昨日之我，张系国则以旁观者姿态细数当年人事。俱往矣，只有感时忧国的情怀始终如一。

一九九五年，台湾剧场工作者及报导文学家钟乔（1956）的小说《戏中壁》，演绎“台湾新剧之父”简国贤（1917—1954）制作演出话剧《壁》的始末。一九四六年初，简国贤自日本学成返台，与民间讲古先生宋非我组织“圣峰演剧研究会”搬演《壁》一剧。这出戏讽刺国民党接收台湾后的社会乱象，赢得观众共鸣。“二·二八事件”后，简国贤加入共产党地下组织，四年后被捕处死。二〇一三年，简国贤的姓名被镌刻并镶嵌于北京西山无名英雄纪念广场。

钟乔追随陈映真与蓝博洲（1960— ）的“革命考古学”，以文学及剧场形式挖掘、回顾简国贤的创作及死难。他理解述说受难者的血泪不难，述说血泪的“难以述说”性才难。已经发生的无从弥补，我们唯有借着不同的形式，不断尝试重组记忆，才能够铭刻历史的创伤于万一。《戏中壁》出入过去与现在，幻魅与真实，充满前卫色彩，却也是不折不扣的伤逝文学。

二〇二〇年，台湾作家朱嘉汉（1983— ）以《里面的里面》引起文坛瞩目。这部小说聚焦台湾共产党创始者之一潘钦信（1906—1951）的故事。潘钦信一九二四年就读上海大学时即加入革命活动，后奉命组织台湾共产党；“二·二八事件”后他潜赴大陆，一九五一年病逝上海。相较于同为台共创党者谢雪红（1901—1970），潘钦信的过往早已湮没。朱嘉汉抽丝剥茧，将潘极戏剧性的政治生涯公之于世，也同时揭露一桩家族秘密：潘钦信正是作者的舅公。

《里面的里面》以真实的历史为舞台，拟想潘钦信消失前的踪迹，以及他所预留的线索，有待后之来者的破解。朱嘉汉追寻被抹去的痕迹，聆听沉默的声音，思考那不可思考的事物，最终以虚构重新建构历史。“若只是口述历史或挖掘真相，就只能挖到‘里面’，而我试着把被掩盖的遗忘挖出来，小说才能‘比里面更里面’。”

“九州生气恃风雷”——龚自珍在十九世纪登高一呼，号召变革，启动中国现代性的先声。从杨逵到陈映真，从王啸平、威北华到刘大任、张系国，多少豪情壮志以及随之而来的艰难考验，铸造一代又一代的传奇。上下求索，路阻且长，不变的信念是对文学正义与行动的坚持。借着“海上风雷”系列，我们重新检视革命历史版图，见证他们的青春之歌。

——给亡友家缙和晓波

有两个声音。

第一个声音说：**写吧。**

第二个声音问：**为谁而写？**

第一个声音回答说：**为逝去的，你所爱的人。**

——克尔凯郭尔

小雪

一

火车跨过头前溪时，他不经意地朝窗外望去。溪底卷起一股黄沙，像一个淡黄色的绒球，沿着河床慢慢滚动。因为在车厢里，听不到溪底的风声。但他清楚地看到风的面貌，稳健而从容不迫的，沿着河岸徐行，跨上堤防，袭向桥头的水塔。在这一刹那间，火车也驶至桥头，车窗外顿时一片昏黄，隐约可以看到水塔移动着的暗影。下个刹那，火车已经驶过一小段树林，风被抛在后头。他屏住呼吸，除了铁轨有规律的节奏，听不到风声。车在竹北站停下来。一列满载走读生的火车和他乘坐的火车并排而停，戴黄色学生帽的高中生挤在车厢口，一位学生单手挂在车门外，黝黑的脸孔浮现出满不在乎的微笑。他的火车阅兵似地经过五六节挤满学生的车厢。等到列车过完，他才发现火车仍停留在车站上。好一会儿，列车才缓缓向前移动。

那天晚上，他终于听到熟悉的风声。他睡在舅父家的客厅，三面是日式的纸门，纸门外环绕着走廊，然后是玻璃窗。风从各个方向钻进来，玻璃窗格格作响。他感觉有点冷，拿手按在纸门上，门缝间都是风。极细极细的风抚摸着他的脸，像一只看不见的大手。他整个被风包围住，疲倦突然袭来，他沉沉睡去。

第二天早晨他起身时，风又消失了。舅母端了一碗中药，坐在饭厅角落的凳子上。舅母身体不很好，不住咳嗽，絮絮对他抱怨这里的天气。玻璃门外的院子里，舅父在慢吞吞地打太极拳。舅母皱眉喝了口中药汤，又展眉笑道，真高兴你来看我们，二妹和妹夫都好吧？他连忙回答，爸爸妈妈都好。妈妈关节还是不行，不然她也想来。舅母叹着气说，人上了年纪，真没意思，旅行都不方便了。台北新竹这么近，彼此一年还难得见一次面。回去可要替我问候他们啊。

他漫应着，踱进客厅。表妹的照片，从墙上朝他微笑。他望着表妹慧黠的脸，盘算如何启齿。舅父拉开玻璃门进来。舅父的背驼得更厉害，必须仰起头来，方才能够平视。他鼓起勇气，对舅父说：

“大舅，亚男最近写了封信给我。她到旧金山去住了。”

舅父唔唔地点头。里面的舅母却听见了，端着药碗跑出来。

“亚男还常跟你通信？这个死丫头，几个月也不写封信回家。她到旧金山去住干什么？”舅母敏感地追问。“难道死丫头又跟洪显祖吵架啦？”

他预感到暴风雨的来临。他实在不愿意又卷入表妹的家庭纠纷。但表妹托他传达的话，不能不告诉舅父舅母。

“详细情形，我也不清楚。据亚男信上说，她要跟洪显祖离婚。”

“离婚！又闹离婚！”舅母手中药碗的汤汁溅出来，他连忙接过药碗。“死丫头，离婚一次还不够丢人啊？又要离婚。哎呀，我真快给她气死了。”

舅母剧烈的咳嗽打断了她的话。舅父扶着舅母坐下，转过身，慢吞吞问他。

“亚男给你的信上怎么写来着？”

他掏出口袋里预先折好的邮简。舅父戴上老花眼镜，两手远远拿着信纸，一个字一个字念。表妹的字迹很潦草，舅父读来十分费力。舅母自己捶着腰，眼泪不住淌下来。“作孽喔。真是作孽。洪显祖这个人啊，什么都好，就是事业心太重，不了解女人的心。亚男希望他多在家陪陪她，洪显祖偏偏要一天到晚出去忙。上次闹了一场不够，现在又来了。哎呀，真丢人。我作了什么孽嘛。”

舅父念了一半，停了下来，仔细端详信纸，拿信纸的两手有些发抖。“大雄。你来看看。她说——她说——”

他早就料想到这一幕。

“大舅，您不要太激动。这种情形，在美国也许是很平常的，您不要太放在心上。”

舅母停止了哭泣。

“死丫头信上怎么说？死人，快念啊。”

舅父的面色变得很阴沉，陡然把信纸撕掉，连舅母也吃了一惊。舅母站起来去抢信纸。

“哎哎，你这是干什么？她信上到底写什么？”

舅父粗暴地推开舅母。

“不用看了！想不到我们王家出了这样的丑事。真是——家——门——不——幸。”

“到底怎么回事？”舅母转向他。“大雄，亚男信上写什么了？”

“没什么。她说她离开洪显祖，到旧金山去住。有一位姓葛的，和她住在一起。她要我转告你们，不必替她担心。她会设法解决一切问题。”

舅母睁大眼睛，不能置信地望着他。

“你说亚男已经和人家，和人家同居了？”

他不得不点头。他实在不愿意扮演眼前的角色。但表妹又一次利用了他的弱点。表妹知道他收到信，一定只有转告舅父舅母。她一切都计算好了。两位老人，现在正开始预期的激烈反应。舅母狂烈哭了起来，以手捶胸。“我们家的亚男，会和人家同居！作孽喔。我作了什么孽？先闹离婚。离婚还不算，又再结婚，让别人当笑话讲。现在更变本加厉了。同居！我作了什么孽嘛？我作了什么孽嘛？”

舅母猛烈咳嗽。他暗中注意舅父的反应。一贯沉默寡言的舅父，如何承受这个意外的打击？舅父撕掉信后，面对玻璃门站着，一言不发。舅母仍在哭泣。他开始担心。果然舅父突然一拳朝玻璃门打去，玻璃应手而碎。他跑过去扶住舅父。想不到瘦小的舅父竟有那么大的力气。他被老人反弹开来。老人从牙齿里迸出来声音。

“畜生！这个不孝的畜生！王家祖宗的脸，都被她丢尽了。我恨不能亲手宰了她！”

老人举起枯干的右手，血从手腕淌下。舅母哭泣着抱住舅父。舅父闭住双目，一动也不动。他暗暗叹息。一切都如他所预期，不，都如表妹所预期。最糟的一幕已经过去了。他们都不是第一次听到表妹的坏消息。哭泣愤怒以后，他们又会原谅表妹，替她设想弥补的途径。他太熟悉舅父舅母。最糟的是，表妹也完全了解他们的脾气。他弯下腰，捡起邮筒的碎片。

傍晚，他回到家里。明蕙替他留下饭菜。孩子们已经睡了。明蕙陪伴着他，看他狼吞虎咽。

“你舅父舅母知道消息，气坏了吧？”

“还好，大舅把手割伤了。舅母气消以后，还说表妹可怜，遇人不淑。”

“他们要怎么办呢？”

“人在美国，能够怎么办？”他吞了一块鸡肉。“我替他们打了电报给洪显祖，请他无论如何去旧金山，把亚男和孩子接回来。”

“他们还是离婚算了。隔一两年这样闹一次，他们受得了，你舅父舅母也受不了。”

“清官难断家务事。这些事情，最好让洪显祖和亚男自己解决。别人越管越糟。”

明蕙扑哧一笑。“那你为什么还要打电报给洪显祖？”

“我也没有办法。”停一下，他说：“我倒想知道这位姓葛的是什么人，值得亚男为他放弃一切。”

明蕙望着他。“你不了解女人。一个女孩子假如真正爱上一个人，一切都可以牺牲的。”

“亚男不是这样的女人。我太了解她了。”

一直到他吃完饭，明蕙都没再说一句。他突然明白又说错了话。女人。女人。他暗自叹气。他洗完澡，躺到床上，明蕙兀自朝里睡着。他伸手抚摸她细嫩的肩膀，她用手推开他。

“去找你表妹好了。反正你们彼此最了解。”

他用力把她扳过来，以嘴堵住她的嘴。她挣扎了一下，没有再抗拒。他感觉到她温热的舌头，伸进他的嘴。她柔软的身体在他的重压下分开。隔了一会，她喘息着说：

“你和她……来过吗？”

“谁？”

“不要装蒜！”

“当然没有。”他亲吻着她的耳垂，他知道她这一部分最敏感。“我怎么可能会？”

“我怎么知道？一天到晚提她，烦都烦死了。”

“对不起，再也不说了。”

在黑暗里，他凝视着天花板。明蕙的手搁在他胸膛上。他确定她已熟睡，轻轻移开她的手臂。车辆从巷子里经过，天花板上出现白色迅速移动的条纹。他穿上内衣。他从不习惯裸睡。他替明蕙盖上毯子，触及她细小的乳房。她动了一下，并没有惊醒。

他真想知道那姓葛的是什么人。

二

五月最后一个星期天，他的公司举办郊游，他带了明蕙和孩子同去。公司租了一辆游览车直开野柳。到了目的地，大家四散活动。他替孩子们买了一包贝壳和一尾奇形怪状的海鱼，让明蕙站在岩石上照了几张照片。两个男孩随即和一大群小孩野在一起，跑到一座木桥下的浅滩戏水，他和明蕙坐在桥栏边看他们。明蕙戴着流行的大墨镜，遮去大半张脸。他拿起照相机，从视镜里左右环顾。一颗颗的石笋间都是游客，整个海滩上，恐怕有上千游人。从停车场的方向，传来阵阵轻音乐。他仰望野柳的断崖。断崖蜿蜒而上的小路间，都是蚁行的游客。他按动照相机的快门，视野暂时为黑幕遮断，一刹那间又亮起来。

“不要浪费底片好不好。”明蕙说：“为什么不给孩子多拍几张？”

他检查一下照相机。

“还有二十五张。这种三十六张一卷的胶卷，无论如何也照不完。”

“照不完，留着你旅途上照好了。”

“那不好。我希望在走以前，能照完这一卷送去冲洗。”

他又按动快门，这一次对准明蕙。明蕙摘下墨镜，朝他直皱眉。

“好了吗？有什么好照的？”

“要不要爬上山顶去照？到断崖顶上，可以看到太平洋。如果天气好，还能够看到基隆港。”

明蕙摇摇头。他知道她一向不喜欢动，无可奈何收起照相机。孩子们在桥底下大声欢呼，他们捉到了一只小螃蟹。他向他们挥手。明蕙说：

“到了美国，记得替你母亲买几盒染发药粉，先用海邮寄回来。”

“为什么要寄回来？海运至少要一个多月。包裹没到，我人倒已经先回来了。”

“我怎么知道？”明蕙说：“难得出去一趟，你也不必急着回来。我不是那种太太，一步都舍不得先生走远，你放心好了。记得去找我姐夫。假如他能帮你申请留下来，进学校去念书，你就放心去念。家事不用你牵挂，我一个人也能够料理。”

他不说话。明蕙又继续说：

“我姐夫说现在念会计出路最好，在美国一定能够找到事情。他说像你这样，本来有底子，一两年就可以念完硕士。”

“你姐夫，你姐夫，什么都是你姐夫。当初你为什么不嫁给你姐夫？”他嘲讽地说：“你姐夫样样都好，我怎么能跟他比？谁叫你嫁错了人？”

“我又没有要你跟他比。难得有机会出去，你总要利用这个机会……”

“公司派我去接洽生意，我半途溜走，你自己想想，人家会怎么想？”他怒气渐增。“我不是读书的料子，我承认。可是我也有我的本领。我有我自己的路子。为什么我一定要跟随你姐夫走？他指东，我就走到东？他指西，我就走到西？”

“好好跟你说话，何必发脾气？”

“谁发脾气？难得出来玩一趟，你一定要提你姐夫，生怕不能扫我的兴。你自己要吵，谁愿意跟你吵？”

明蕙戴上墨镜，偏过头去。他很想再说她几句，想想又打消了念头。桥那边走来他们公司的几位同事，一个个走得满身是汗。他站起来打招呼。

“吴协理，李科长，你们爬上去了？”

“是啊。太久没运动，简直吃不消，老了，老了。”吴协理愉快地揩汗。他向同事们介绍明蕙，明蕙淡然点点头。吴协理对明蕙说：

“陈太太，你晓不晓得，你先生现在是我们公司里第一红人，总经理最器重他不过。这次总经理要去参加世界华商会议，别人都不带，指定要带你先生去。今天的郊游，一则是公司同仁春季的同乐节目，再则也是欢送你先生的意思。下星期，我们还要正式给他饯行。”

他有些不好意思。

“协理过奖了。因为是你的保举，公司才决定派我出去。实在应该谢谢你。”

“不，不，这完全靠你自己的表现。陈太太，你先生这次身负重任。我们公司准备在美西成立办事处，拓展外销市场。

如果公司办事处顺利成立，很可能就要借重你先生的大才，请他到国外负责一段时期。所以，陈太太，我必须先向你报备一下。万一你先生在美国多留一年半载，希望你谅解才好。”

他感觉到明蕙墨镜后锐利的目光。

“他老早就计划好了，我还有什么不谅解的？”

“那很好，那很好。”吴协理和众人走开了。他唤回孩子们，两个男孩裤袜完全浸湿了，兀自高兴跳跃着。明蕙绷紧了脸，替他们擦干净手脚。他搭讪几句，她都不理会。他晓得她在生气。郊游的兴致，一扫而尽。

晚上从野柳回到家里，他替孩子洗完澡，送他们上床。等到孩子睡定，他回到自己房间，明蕙已流着眼泪在收拾箱子。他抱着双臂在旁边观看，想不出劝解的话。

“什么事情都不告诉我，嘴巴里还说得漂亮，一个月就回来。原来早就安排好了，就瞒着我一个人。做你的太太，真连什么也不如！”

“我也不知道成不成。”他暗恨吴协理多嘴。“公司美西办事处是否能够成立，还是个未知数。即使成立了，总经理多半会派他儿子去，凭什么选我当办事处主任？这么多未知数，所以我也不愿意讲，并不是有意瞒你。”

“还说不是瞒我？”她流着泪关上箱子。“这么重大的事情，你都不告诉我，明明是不信任我，就怕我会讲出去。我哪一次泄露过你的天机啦？什么事情都不告诉我，你根本就没有把太太放在心上。这种夫妻，还有什么意思？”

“你真是故意歪曲我的话。我连被派出国，也是上星期才晓得的。什么办事处主任，我想都没想过。”

“不要骗我了。我怎么知道你想什么？反正你根本不把我放在眼里。说几句话，劝你去读书，你就大发脾气。我怎么知道你另有计划？”

“我的计划，成功不成功，还完全不知道。先告诉你，到时候不成功，空欢喜一场，又要被你挖苦。一天到晚提你的姐夫，一定要我跟他比。你不想想，这会令我多难堪？”

“我一天到晚提姐夫不行，你就可以一天到晚提你表妹？是不是？是不是？”

“把我表妹扯进去干什么？至少我从来没有把你跟亚男比来比去。”

她脸色青白，他晓得又说错了话。

“好啊，现在总算说出真心话来了。我就知道你一直忘不了你的表妹。我跟她比，又怎么样？我也不见得不如她。至少不像她，又闹离婚，又闹同居。难道你希望我也这么闹？对，我知道你从心底就佩服她新派，敢作敢为。我嘛，只有替你当黄脸婆带孩子的份，哪里比得上你的梦中情人？好嘛，反正你现在也要去美国了，你去找她好了。你去找她嘛！我不会拦阻你，你走好了。孩子归我，孩子你一个也不要想带走。”

明蕙放声大哭。他过意不去，走到明蕙身旁想安慰她，被她哭着推开。他只有连连叹气。

“一点事情都没有，也要大闹一场。算我话说错了，好不好？”

“什么叫算你说错了！你本来就说错了。难道我还冤枉了你不成？”

“好，好，我说错了，好了吧？天晓得，我连讲几句话，都会出错。我真是倒霉到家了。”

“你又倒什么霉了？一天到晚说倒霉。快要出国了，还要说倒霉，难道全都是我害你的？我知道，你就恨结婚太早，太太、孩子和这个家牵累了你。你走好了，你走嘛！”

他知道越说只有越糟，便坐在床沿不再说话。明蕙哭闹了一阵，房门开了，康康睡眼惺忪地站在外面。他和明蕙哄了一会，孩子才肯回去睡觉。躺在床上，康康还说：

“爸爸，不要欺负妈妈，不要吵嘛。”

明蕙忙吻吻孩子，要康康安心睡觉。回到房里，明蕙似乎气消了不少。他们平心静气谈了许久，谈出国该准备些什么，该送什么礼给总经理和吴协理，又谈他出国后的计划。他说了许多。当办事处主任的野心，他当然是有的。可是前途困难仍多。爬得太快，难保公司同事不会眼红，说他的坏话。说着说着，明蕙倒自动过来吻他，要他不必担心，她从来没有要和别人比的意思，无论未来如何，她不会怪他。折腾了一天，明蕙迅速睡着了，他却无论如何也睡不着，蹑手蹑脚，到隔壁房间端详熟睡中的孩子们。他并不希望离开他们，他并不希望离开明蕙，这是他的小天地。在他的小天地里，他感到很安全。他突然了解此行的真正意义。他从来还没有离开过这片土地，他生长的地方。他不像别的同学那么有雄心壮志。很久以前，他还是个孩子的时候，就明白他没有别人聪敏。自从追求到明蕙，又接连有了康康和明明，他已心满意足。但是别人并不让他停下来，他了解明蕙，她的朋友多半出去了。她一直希望他能带她和孩子出去。为了她，他才努力争取公司派他出去的机会。别人的批评，他都能够忍受，但他无法忍受她的讥讽，尤其不能忍受她提及她的姐夫。女人女人。他在黑暗中叹息。古人说得真是不错，唯女子与小人难养也。

他在公寓的小阳台上站立良久。他想起新竹的风。那天在大舅家睡客厅，极细极细的风抚摸着他的脸，像一只看不见的大手。他记得很小的时候，他也每每沐浴在风里睡熟。他闭上眼睛，仿佛又回到童年时代，他和明蕙手牵着手，走在一片竹林里。他转过身看明蕙。不，那不是明蕙的脸，那是表妹的脸，他和表妹手牵着手，走在竹林里……

三

“亚男！亚男！”

表妹调皮的脸孔，从竹林深处闪出来，转眼又失去踪迹。他追过去，脚踩在沙沙作响的竹叶上，软绵绵地无法着力。他绕到一颗修竹后面，表妹却在远处的树丛间招手，清脆的笑声回响在竹林里。他终于跑累了坐下来。表妹出其不意地出现在他身后，他的眼睛被柔细的手所遮住。

“猜猜看，我是谁？”

他笑着扳开她的手臂。眼前的竹林不见了。他和一群同学，正沿着马路走着。表妹骑着一辆小红自行车，从油加利树后的小路飞快地骑出。她穿着省女中的制服，身躯挺直，一本正经地朝他们驶来。他和同学们都忍不住偷看她。他想向她打招呼，又怕同学们取笑。犹疑间，她的自行车已擦身而过。他一闪眼，恰巧看见表妹微微对他一笑。

他连忙回头看她。表妹正站在游泳池最高一层的跳板上面，鲜红的泳装，越发衬托出她皮肤的白皙。他和同学们张大嘴，围在游泳池四周观看。表妹纵身一跃，人群里爆发出掌声，他还没有看清楚是怎么回事，表妹已从不停喷出泡沫的水圈旁浮出水面，矫健地游向池岸。运动会的奖牌，不久就挂在她颈项间。他听到同学们的赞美。他们终于知道，她就是他的表妹。

“原来省女中的校花是你表妹，有机会介绍介绍好不好？”

他笑着点头。表妹是他心目中的女神。不久他发现，她也是所有同学心目中的女神。每天他们成群结队去上学，总会看到表妹骑着小红车，飞快地迎面驶过。他们绝不会错过她在运动场上任何一次表演。他们成了她忠实的拥护者。她在他们的心目中，仅次于玉女明星桑德拉·狄的地位。他记得有一天同学们到他家玩，表妹突然来了，所有的人，都突然变得拘谨而手足失措。表妹走后，众人才恢复常态，痛惜丧失良机。下次水上运动会，他们又会排排坐在池边，为她的表演大声鼓掌。

他看到刚进大学的表妹，从台北回到小城，清汤挂面的头发不见了，梳了短短的赫本发型，露出一节白白的颈项。那时他已接连两次没有考取大学，垂头丧气整日关在家里。表妹的改变，更令他自惭形秽，连陪她出去的勇气都没有。表妹回来不到几天，她的朋友就接二连三从台北来找她。他在街上碰到过他们，一群大学生簇拥着表妹笑得好开心。他偷偷避在一旁，看他们走进电影院。

寒假还没有过完，表妹就走了。不久他也到了台北，住进火车站前补习班大楼五楼的宿舍。每天晚上他挤在二百多人的大教室里，听那位某中来的数学老师讲解试题。别人用心抄写，他也跟随着用心抄写。“这题前年曾经考过啊！”胖胖的数学老师拿教鞭敲打着黑板，好像万华街头的布贩敲打着布段般用力。他便拿红笔在笔记本上密密画上几个红圈。铃声一响，他又呆头呆脑随着别人挤出教室，回到他的床位，默默躺下。宿舍的小房间勉强摆下四张双人床，床上横七竖八挂着蚊帐，床底塞满了未洗的脏衣服、脸盆、木屐、罐头杂物。同寝室的八个人彼此不太讲话。他上铺的人已经考了三次，高雄中学毕业，满脸挤破的青春痘，在床边贴了张毛笔写的字条：男儿立志出乡关，不得功名誓不还。他不晓得那两句诗从哪里抄来，也从来没有问过雄中的。每天早晨他洗完脸回来，总免不了又读一次：男儿立志出……他便突然有一种怆然的感觉。

他在补习班里住了近半年。最后的两个月，他竟没有走出过补习班大门一步。每天三顿饭菜，有包伙的妇人送来，早上是冷稀饭和酱菜，中午有时是一块排骨，有时是卤蛋或咸鱼，晚上另外加一小盆青菜汤。时常在夜间，他会饿醒过来，便闻到寝室里积久未消的汗臭味，因着夜晚称微转凉的空气而分外刺鼻。他若睁开眼，多半可以看到寝室外走廊六十支光的电灯下面，雄中的抱着一本讲义，踱来踱去喃喃背诵着。他总感觉到雄中的似乎在念：

男儿立志出乡关啊……

不得功名誓不还啊……

时常他躺在床上，会想起表妹。她现在多半在参加什么舞会吧？听说京大的学生很会玩，各种社团活动经年不断。有一次补习班一位同学吹牛说，京大的女生，现在竟没有几个处女呢。他十分愤怒，几乎和对方打起来。但他从没有去看过表妹。他来台北是秘密的行动，并不曾告诉家人以外的任何人。他尤其不愿表妹知道。刚来台北时，有一次在街上，他误以为看见了她，急忙转弯从巷子里避开。从此他更不愿上街。

那年暑假，他终于从收音机里听到他的名字，陈泽雄。他从来没有想到，他的名字这样动听，家人脸上的表情，也令他没齿难忘。虽然是南部的学校，已经够扬眉吐气了。发榜后不久，父亲拿出一套旧西服，母亲到隔壁王家借了缝衣机来，他便有了平生第一套西装。暑假表妹没有回来，听舅母说她在台北当家教。他随即南下注册。寒假回家，他发现表妹又改变不少。她打扮得更入时了，还抹上淡淡的眼影，他简直不敢正眼望她。她的谈吐也变得十分文雅。从前顽皮的表妹，不知何时已变成端庄的少女。他和她谈了几次。发觉自己的知识简直不能和她相比。同是大学生，表妹既懂心理学，又懂文学，他除了半本大一微积分，什么也没学到。他看得出表妹不十分耐烦和他谈话，她挂在嘴边各种奇奇怪怪的术语和名词，他一句也听不懂。他感觉和表妹的距离越来越远。但他并不因此而沮丧。他已习惯视表妹为女神。即使表妹看不起他，他依然可以偷偷地崇拜表妹。

又是一个学期过去。他在南部隐约听说表妹有了男朋友。表妹的消息，居然会从北部传到南部，可见她是学校里的风头人物。表妹的男朋友，据说是学生会的主席，物理系的高才生。他可以想象他们是郎才女貌的一对。他那时整天消磨在台南街头的弹子房里，表妹有男朋友的消息，他很镇静地接受了，连拿杆子的手都不曾抖一下。

然后洪显祖从美国回来了。有一阵子，报上整天登的都是洪博士的消息，或者是发表演讲，或者是某某要人召见，他初时并不曾十分注意。接到母亲来信，他才知道洪显祖和他家有点亲戚关系。洪显祖到新竹一所著名的学府讲学半年，父亲常请他到家里来吃饭。母亲的信里，对洪显祖赞不绝口，要他多学学人家。他看了信，一笑置之。一直到暑假他回新竹，父母亲替洪显祖饯行，他才见到洪显祖本人。

回想起来，一切风波，都从那次晚餐开始。那天母亲请了大舅全家作陪，表妹也来了。母亲的意思，或许是希望他和表妹有机会认识洪显祖，将来出国深造有个门路。洪显祖对他自然不太注意，和表妹倒一见投缘。洪显祖那时大约四十刚出头，脑门已经秃了一大块，留着小胡子，谈吐十分风趣。席间表妹不住问长问短，先谈美国大学的情形，后来谈到科学和哲学、科学和文学的关系，渐渐满座的人都只有听他们两人谈话的份。那天晚餐洪显祖和表妹第一次见面，也许洪显祖一见面就喜欢上了表妹，也许洪显祖那时只是逢场作戏。不论如何，第二天，洪显祖就邀请表妹去青草湖玩。从那天开始，一直到洪显祖上飞机，短短的七八天里，他们都在一起。舅妈有几分担心，找母亲商量。两人都同意洪显祖是理想对象，但年纪和表妹相差太多，是唯一可顾虑的。好在洪显祖立刻要去美国，一旦分开，表妹自然会冷下来。让他们通信一阵，如果没有缘分，自然也就断了。他偷听了舅妈和母亲的谈话，暗笑她们没有见识。表妹怎么可能会爱上比她大二十几岁的人？

洪显祖走后不久，还时常来信。听舅妈的口气，表妹并没有回过几封。过了一阵，洪显祖果然也停止写信。他们的交往，如大家所期望的结束。表妹的男朋友林欣假期里常来新竹。大舅全家对林欣都十分满意，尤其是舅妈，几乎已当林欣是准女婿，越看越中意。他和林欣也处得不错。林欣一切都比他强太多，他连妒忌的心情都不曾有过。他和林欣及表妹，三个人一起出去玩过几次，度过了一个愉快的暑假。

暑假过完，表妹已是大三的学生。她突然被选中为青年学生代表，到美国参加国际青年营。这个消息，他还是从报上读到的。他连夜坐火车赶到台北，恰巧赶上给表妹送行。在机场他碰到林欣，手里拿着一串花环，神情有些紧张。表妹倒十分自如，穿着黄卡其学生制服，打扮比平时要朴素。飞机起飞后，他坚持邀请林欣去圆环吃蚵仔煎，看到林欣失魂落魄的模样，颇曾暗笑了一阵。

一个月后，表妹回来了，在报上发表了一篇游美观感，他和同学们都争着阅读。原来表妹的文笔也很出色，他越发佩服她。就在这时，他接到家信里爆炸性的消息。

表妹在美国时，已经和洪显祖结婚了。

他再度阅读表妹的游记，这次终于读出点味道来。不论表妹走到哪里，都有一个如影随形的H君。初读时没有注意，第二次再读，他方才明白H君就是洪显祖。洛杉矶、旧金山、芝加哥、纽约——洪显祖显然紧追不舍，跟随表妹走遍美国。一个月下来，表妹终于成为他的禁脔。

起初舅妈无法接受表妹已经结婚的事实。母亲的信上不断提到表妹和家里的冲突。舅妈病倒了，表妹回了一趟新竹，又和舅妈大吵。她希望立即去美国，舅妈说什么不肯让她走，一定要她念完大学。“最可怜的，”母亲的信上说：“还是那个林欣。听你舅妈说，林欣退学了。好好一个青年，就这样自毁前程。亚男真害人不浅……”

表妹的家庭风暴慢慢平息下来。她答允念完学位再走。洪显祖又飞回台湾一趟，报纸上再度大篇幅地刊登有关这位杰出航空专家的新闻，表妹也上了报。事已至此，舅妈再不满意也只有表示满意了。

他到成功岭受军训的时候，表妹终于走了。他这次没能送行，后来在大舅家看到表妹在机场照的照片，也有她在洛杉矶新居和洪显祖合拍的照片。表妹显得比从前丰满。从照片上看，她的新家富丽堂皇，连大舅也称赞不止。不久，便传来表妹有喜的消息。

大学毕业，他被分发到高雄军区服役。每次回新竹，在大舅家便可以看到表妹的新照。表妹和小娃娃的放大照片，挂在大舅家的客厅里。小娃娃很像洪显祖，鼻子很大，大舅说是福相。大舅家的布置，也逐渐变得富丽堂皇。从大舅和舅妈的口里，他知道他们对这位女婿，再没有什么不满意的地方。

父亲退休后，他们举家搬来台北，和大舅较少联络。他退伍后为找事很是奔波了一阵，最后总算靠人介绍，进入一家信用合作社。银行的刻板工作，他不太能适应，情绪很低落。在感情方面，他也屡受打击。心灰意冷之际，偶然在大学同学家里，认识了明蕙。他们的友谊迅即发展到谈论嫁娶的地步。他因此又有了目标，开始认真存钱。想不到后来他竟莫名其妙卷入一桩小型贪污案，被信用合作社开除。他虽然自知清白，但自尊心不免大受打击。另找差事，又谈何容易。他失业了几个月，几乎崩溃。幸好明蕙始终没有离开他。也幸好在这时候，洪显祖回台办厂，解除了他的困境。

就在他刚失业不久，表妹突然带了孩子回台湾来。大舅和大舅妈以为她回来探亲，她回来后才知道，表妹已经和洪显祖离婚。大舅气得心脏病发作，送到医院急救。舅妈请母亲到新竹帮忙，他也跟去了。表妹的孩子萱萱已经两岁，活泼可爱。表妹却不大理会萱萱，全靠舅妈照料。三年不见，表妹并没有改变多少，只有皮肤变得更洁白。她的神情，却十分懒散，话也不肯多讲。他在舅妈家住了两天，一共没有和她说几句话。那时他的心情也很沉郁，无意再留，又回到台北找事。

两个月后，洪显祖悄悄回来了。这次报纸上完全没有他的新闻。洪显祖什么人都不找，先找到他，跟他长谈了一晚，要他到洪显祖计划成立的机器零件工厂帮忙，并且立刻答应给他八千元的月薪。他怦然心动，却担心自己对机器一窍不通。洪显祖说没有关系，只要肯学，没有学不会的。他考虑了一会，当场就答允下来。洪显祖又问起他表妹的近况，他照实讲了。洪显祖说："我们的婚姻，还有希望挽回。我要再给亚男一次机会。即使浪费我一年时间，我也愿意。"

他忍不住问洪显祖究竟是怎么一回事。洪显祖不肯多讲，只说："过去的事，我也有错，她也有错。这两三个月，我想了很多。我相信我们可以从头来，过去的一笔勾销。所以我向公司请了一年假，回来办厂。办厂事小，我的婚姻事大。我要尽量设法争回亚男和萱萱。"

洪显祖果然言出必行，立刻开始筹设工厂。他陪着洪显祖到处奔走。他不能不佩服洪显祖办事有条不紊，如何贷款，如何采购原料，如何接洽外销，都有一套通盘计划。几个月下来，他从洪显祖那儿学到了不少东西，也对经营管理产生了莫大的兴趣。他很奇怪，洪显祖是科学家，是研究学问的人，怎么会对实际生产工作那么内行。洪显祖很坦白地说，自己办工厂已经有二十多年的经验，现在办个零件工厂，只是找件事情做做，真正的目的，还是在挽回跟亚男的婚姻。虽然洪显祖这么说，对工厂其实并不放松。零件工厂业务迅速走上轨道，不久居然还有盈余。他很高兴，觉得自己学到不少宝贵经验，对洪显祖更加佩服。

洪显祖抢救婚姻的努力，却并没有办工厂这么顺利。洪显祖软硬的手段都使尽了，一方面请律师，要求领回孩子，另一方面自己每星期跑新竹，希望能劝得表妹回心转意，他冷眼旁观，渐渐明白洪显祖是非常精明能干的厉害人物，只要决定了目标，就不择手段，全力以赴，不达目的不会罢手。无论办工厂或挽救婚姻，洪显祖都采取同样有系统的做法，有条有理，一步步地进行。洪显祖很喜欢萱萱，不止一次曾说过，万一婚姻无法挽回，无论如何也要拿回孩子。也许这是他锲而不舍的主要原因。

他和洪显祖相处越久，越了解他的性格，越看出洪显祖是一个具有坚强意志，绝对自私的个人主义者。他私下对明蕙称洪显祖为科学怪人，但他仍然非常佩服洪显祖的才干。另一方面，他又十分同情表妹的处境。表妹能抵挡得住洪显祖的新爱情攻势吗？

出乎他意料，首先抵挡不住的，竟是舅妈。她很快就为洪显祖的诚意所感动了。舅妈对表妹一向不满意，觉得她太任性，一次又一次做出鲁莽的决定。她主张表妹和洪显祖破镜重圆，表妹不肯答应。洪显祖去新竹，表妹也避不见面。僵持了几个月，连洪显祖也丧失了耐性。洪显祖改变战略，一方面要台湾方面的律师不断对表妹施加压力，一方面又通过美国方面法庭，要表妹回美国继续打离婚官司，决定萱萱究竟应该归谁抚养。大舅和舅妈都反对打官司。大舅原先不肯表示态度，现在也主张表妹和洪显祖私下和解。两位老人都偏向洪显祖这一边，表妹的处境，更为孤立。她终于同意和洪显祖暂时复合。洪显祖立刻在阳明山租了一栋房子，兴冲冲地接回表妹和萱萱。

表妹和洪显祖的感情，居然慢慢恢复。洪显祖常在家里举行宴会，他少不得去帮忙。表妹总是忙得团团转，但似乎比在新竹时快乐得多。她在台北朋友不少。洪显祖忙的时候，他就送表妹去应酬。洪显祖让他任意使用公司的车子。他知道，洪显祖希望他能代为监视表妹的行动。事实上表妹的大学同学多半刚开始在社会上奋斗，论声望，论地位，都和洪显祖差得太远。表妹是个极好强的女人。她即使要再找别人，也绝不能将就一个比洪显祖差的角色。因此她虽然在台北社交圈里十分活跃，他也看得出，她不可能找到更理想的对象。洪显祖对表妹的体贴态度也似乎使表妹逐渐软化了。

半年过去，洪显祖和表妹决定再度结婚。大舅和舅妈原先希望他们私下破镜重圆，至多在法院形式上办个公证结婚的手续就可以了，洪显祖和表妹都不同意。洪显祖说既然从头来起，这次就要好好地开始。表妹则说上次在美国匆匆结婚，实在太草率，她这次要有一个最隆重的婚礼。在母亲面前，舅妈大声反对："他们是新派人物，我可真是跟不上时代了。一下子闪电结婚，一下子闪电离婚，已经够让人笑话。现在又要大张旗鼓再结一次婚！我对洪显祖和亚男说，你们尽管回美国去结婚，不要在这里再办一次喜事，大家都会窘死。他们可不管这些。你想想，我这个喜帖，怎么发得出去啊！"母亲劝舅妈看开些，究竟亚男并不是再嫁，而是跟同一位洪显祖结婚。夫妻破镜重圆总是好事。何况上次结婚，大舅和舅妈都没机会参加，这次就当在台北补行婚礼好了。舅妈听了，也转怒为喜。舅妈本是没主见的人。洪显祖和表妹的婚礼，就这样毫无风波地在台北一家大饭店隆重举行。表妹特地从香港定做了结婚礼服。洪显祖送给她一颗大钻戒，三串钻石项链，作为结婚礼物。婚礼那天，表妹显得容光焕发。祝贺的时候，他轻吻表妹的脸庞。"这次不后悔了？"表妹微笑不语。

洪显祖和表妹飞到碧瑶去度蜜月，再回台湾不久，洪显祖就决定将工厂高价卖出。对他而言，这是突如其来的打击。他本来就知道洪显祖重新夺回表妹和萱萱，一定会回美国去。他暗地希望洪显祖会让他代管工厂，甚至升他为工厂经理。一年来，他出死力替洪显祖做了不少事情，虽然洪显祖一直没有给他正式的主管职位，他也并不去计较。洪显祖家里有什么事情，他也一定去帮忙。这固然一半是因为表妹的缘故，一半也是他下意识地希望讨好洪显祖。他简直成了洪显祖工厂里的杂务员和家里的总管家。工厂里的人对他很不谅解，背地里骂他是厂长的奴才。明蕙对他也非常不满，几次和他大吵，原因都是表妹。明蕙认定他迷上了表妹，甘心替她做牛做马。他辩说只是因为洪显祖太忙，他不得不替洪显祖照顾家里。“人家的家事，干你什么事情？”明蕙流着泪骂他：“他忙？他忙着跟达官贵人应酬，要你替他操心做什么？王亚男既不是没有司机，也不是没有佣人。你何必替她跑腿？你有没想到，你在他们眼里成了什么？”他大为生气，几乎和明蕙绝交。

洪显祖卖掉工厂的决定，事先并没有告诉他，他还是从工厂里幸灾乐祸的人的口里听到消息。他知道消息时已经太迟，洪显祖已经先飞回洛杉矶。表妹还没有走，他无可奈何去找表妹。表妹见他来，很高兴地要他做一大堆事，替她去采购家具好运回美国，替萱萱去买小衣服，替她去找包装公司包她新买的大理石花瓶。他沉默地听表妹兴高采烈地下命令，一直到最后，他才忍不住说：

“洪显祖把工厂卖掉了，你知道吗？”

表妹点点头：“听鲍勃说，他卖了个很好的价钱，不但收回成本，我们结婚和蜜月的花费，都回来了。”

“你知道？你为什么不先告诉我？”

表妹睁大眼睛，十分惊奇地望着他。

“我从来没有想到这回事。为什么？这跟你有什么关系？”

“有什么关系！亚男，我是在洪显祖的厂里做事啊。他来这么一手，我就，我就……”他不愿说出“失业”两字，勉强忍住内心的激动。

表妹双眉微蹙，想了一会儿，说：

“鲍勃的事业，我从来不管，他也从来不让我管。从前他根本什么都不告诉我，现在他还算肯跟我讲，可是我也不会干涉他的决定。厂卖掉的事，详情我也不清楚。你不妨写信问他。也许他可以向新的厂主推荐你。”

他低下头，无话可说。表妹进去换了一身衣裳出来，他眼前一亮。表妹说：

“有人请我去白云山庄吃饭，阿珠又回去了，你照顾萱萱好不好？”

他慢慢抬头，注视着表妹。表妹的目光里，什么都没有。他坐在那儿，看着一身鲜红的表妹走出门口，大声招呼司机。他搂住小萱萱，眼圈不由得湿润起来。

他又失业了。幸好在洪显祖的工厂里，他的确学到了一些有益的经验。他进入一家小公司做事，升到门市部经理，再换到现在这家公司。他的经济情况逐渐稳定下来，总算存了一些钱，和明蕙结婚。

他设法不再想表妹。虽然隔几个月她就会写信来，请他办一些事情，或是购买干货，或是替洪显祖接洽一些小生意。洪显祖从来没有写信给他。他相信洪显祖已经完全忘记了他。

阳台上微有些凉意。他回到卧室。远处的铁道，开始传来北上列车通过的隆隆声。

四

太阳呈暗紫色，描勾着一圈橘黄的轮廓，停留在楼房棕色线条的上空。他从来没有看过这样颜色的落日，仿佛科学预言小说里火星的落日，陌生而奇异。他深深吸一口气，张大嘴巴，为新大陆落日的奇景震慑住。在他脚底下，餐厅的玻璃窗外面，洛杉矶城像一只庞大的八爪鱼，向四面伸展，城市的边缘为灰黄的烟气所笼罩。在他身边的金理和说：

“今天的烟雾很浓。你瞧，几英里以外，就什么也看不见了。洛杉矶的空气污染问题一天比一天严重。常常在公路上开车，突然进入烟雾里，连前面的车子都看不到，一不小心，就会出车祸。就是上个月，洛杉矶还出过一次连环大车祸，十几辆车互撞，伤了不少人。这里的气候不错，就是烟雾太讨厌。”

他观赏着窗外的奇景。紫色的太阳，在原处停留了许久，突然闪出一阵黄光，然后迅速落了下去。整个城市，便都涂上灰棕的颜色，开始可以看到楼房和公路上的灯光，从灰雾里透过来。他喃喃地说：

“这城市真大。比台北大多了。”

“洛杉矶城是不小，中国人也不少，可惜中国餐馆并不太好。”金理和说，“你难得来一趟，本来应该请你去好好吃一顿。可是我怕你刚从台北来，吃不惯这里的中国餐馆，所以还是请你吃西餐。”

“你太客气了。”他说：“我什么都可以吃，其实不必来这么豪华的餐馆。”

“这个餐馆牛排很不错，地点也好，可以看看夜景。价钱倒并不贵，一客牛排，才六块钱，折合台币两百四十块，恐怕比在台北吃还便宜。”

“我昨天去参观旅馆附近的超级市场。美国的肉和水果比台湾便宜，蔬菜比较贵些。可是你们赚的钱比我们多，比较起来，还是便宜。”

“美国吃的东西是便宜。”金理和说：“现在已经贵多了。我刚来美国时，鸡蛋一块钱四打，碎肉三毛九分钱一磅，西瓜一磅才四分钱！这几年来，涨了好几倍了。”

他们找地方坐下，金理和向侍者点了两客牛排。他仔细打量金理和，对方胖了许多，肚子也挺了出来。他一到洛杉矶，就打电话给金理和，想不到金理和立刻开车到旅馆，带他出来吃饭。大家都说在美国人情味淡薄，金理和却并没有改变，热情如故。

“老陈，你混得不错啊。希尔顿旅馆等闲的人还住不起呢。我刚才在电话里，还以为你讲错了地方。”

“那是因为华商会议就在希尔顿旅馆里面召开。我们总经理要住希尔顿，我这个随员也沾了光。”

“听说你结婚了？”

他从皮夹里拿出明蕙和孩子们的照片，递给金理和看。

“你呢？”

金理和摇摇头。

“回台湾找个对象吧。你好像出来就没有回去过，是不是？”

“六年多了。”金理和说，“到明年七月，就整整七年。”

“七年，也该回去看看。”

金理和没有答话。他又说：

“现在台湾刚开始进行各项建设工程，大部分都和土木工程有关系。你们学土木的，应该回去施展抱负才对。”

“我知道。”金理和说，“问题是我回去能够做什么事情？我在这里，当然是混碗饭吃。我对美国并没有什么留恋。可是如果回去也是混碗饭吃，甚至和别人抢饭碗，我又何必多此一举？至于找对象，这里也可以找。回去找个太太，她唯一的目的，就是希望我带她出来。这种买卖式的婚姻，我没有兴趣。你听过钟肇满吧？”

他记起几年前轰动一时的留学生杀妻案，点点头。金理和说：

“钟肇满从前就住在洛杉矶。他是台大土木系的，我同事的同班同学。我的意思是，与其搞到那种地步，这样的太太不如不娶。”

“这也是非常稀有的情形。台湾的女孩子，并不见得个个崇洋。”

“台湾的女孩子，说不定还看不上我呢。台湾不是流传三句话吗？回去的留学生，出手小气，举止洋气，穿着土气。我何必回去做这种三气人物受尽闲气？”

他不禁笑了起来。

“小金，你真是满腹牢骚。你们身在美国，却骂台湾人崇洋，岂不是矛盾得很。”

“不出来，不会知道崇洋的可怕。不出来，也不会知道中国的可爱。”金理和叹了口气。侍者送来牛排，金理和说：“我们边吃边聊。我的牢骚还多，一个晚上也讲不完。”

他们切着牛排。窗外已是一片昏黑，闪烁着无数灯光。他咀嚼着牛肉，想起一件事情。

“小金，跟你打听一个人。你认得洪显祖吗？”

“没听说过。他是谁？”

“他是我表妹夫，住在洛杉矶。我舅父要我到洛杉矶后，务必去找他一趟。”

“没问题，我开车送你去。他住在哪里？”

他拿出地址来，翻了半天，指给金理和看。

“这里。就是这个地址。”

“帕莎蒂娜。还好，不算太远。等一等。”金理和拿手按住地址本。“王亚男！这就是你表妹的名字？王亚男是你表妹？她就是洪显祖的太太？”

“怎么，你认得我表妹？”

“王亚男在这里中国人的圈子里很有名。原来王亚男是你表妹。她早就不跟她丈夫在一起了，你知道吗？”

“你也知道他们的家庭纠纷？”

“王亚男从前是洛杉矶‘保钓会’的健将，现在听说和北加州‘保钓会’的大将葛日新同居了。她的故事，这里人人知道。”

他惊奇得忘记桌上的餐具，差一点将咖啡杯打翻。

“这些事情，你从哪里听来的？‘保钓会’是什么组织？那位姓葛的是什么人？他们中间究竟怎么回事？”

“奇怪，你倒反过来问我。王亚男是你的表妹，你还会不清楚？”

“我只知道她和洪显祖闹离婚。你刚才讲的事情，我都不知道。”

“哦。”金理和说：“这些事说来话长。前几年不是搞‘保钓运动’吗？这里的中国学生，也组织了‘保钓会’，以加州大学的同学为骨干。他们常常开会，有时我也去参加。爱国活动，你知道，我向来不敢后人。王亚男也常常去。她人长得漂亮，口才又好，‘保钓会’搞话剧她总是担任女主角，办晚会她总是担任报幕。因此许多人都认识她。”

他如堕入五里雾中。

“什么是‘钓运’？什么是‘保钓会’？”

金理和很奇怪地望了他一眼。

“‘钓运’你怎么都不晓得？保卫钓鱼岛运动，在这里搞得如火如荼，难道你们在台湾完全没有听过？”

“我……我大概平常太不注意这些事情。”他有些惭愧，“这几年我忙着为生活奔波，政治大事，很少去注意。”

“钓鱼岛你总该知道吧？钓鱼岛是台湾东北海面一群小岛。那时候盛传钓鱼岛海底有石油，美国却要将钓鱼岛连同琉球一起归还给日本。这里的留学生，群情激愤，搞了好几次游行示威。‘保钓会’是保卫钓鱼岛委员会的简称。那时候全美各地，只要有中国留学生的学校，几乎都成立了‘保钓会’，自己油印刊物，举办各种活动。乖乖，那时候真是热闹。大家拼命捐钱，搞这个搞那个，起劲得很。”

“现在呢？现在还有‘保钓会’吗？”

“现在差不多都停止活动了。当时热心参加‘钓运’的同学，现在毕业的毕业，做事的做事，回台湾的回台湾，左倾的左倾，都散掉了。现在有的学校，还保存‘保钓会’的名义。有的学校，另外组织了国是研究社、读书会，或者其他各种名目的团体。其中左倾的较多，右倾的也有，各行其是。反正中国人喜欢搞派系。真正团结在一起，我知道的只有‘钓运’那一次。”

他听得目瞪口呆。“钓运”“保钓会”，这些生疏的名词，在他都是第一次听到。想不到海外中国人闹出这许多事情，他完全都不清楚，他实在太孤陋寡闻了。金理和又说：

“回头讲你表妹王亚男。‘保钓运动’没有闹分裂以前，各地的中国学生彼此联络得很勤。葛日新是北加州‘保钓会’的大将，代表北加州‘保钓会’到洛杉矶联络，在学生会上讲演。他口才不错，又敢说敢骂，后来听说王亚男就跟他好起来。据我所知，王亚男跟她丈夫一直感情不大好，这事你该比我清楚吧？”

“对。她和洪显祖闹过好几次。你们这里的人都不认得洪显祖？”

“我只知道他是王亚男的丈夫。”金理和说，“听说这个人很会搞钱，在这里一家有名的飞机公司做事，又出来搞房地产炒股票。王亚男参加‘钓运’以后，自然不会喜欢这种人。”

“为什么呢？”

金理和又很奇怪地望他，反问了一句。

“为什么王亚男会喜欢洪显祖？”

他回答说：

“洪显祖有钱，有学问，台湾很尊敬他，认为他是出色的旅美学人。女孩子当然会崇拜这样的人。”

金理和嗤之以鼻。

“美国有钱的人多得很。中国人再有钱，跟他们比起来，都是小巫见大巫。至于说旅美学人，”金理和指指自己，“你眼前就坐着一位。旅美学人这头衔，只好在台湾唬唬人，在这里要不开的。比洪显祖有办法的中国人，在这里还多的是。王亚男在台湾的时候，或许会崇拜洪显祖。到了这里，只要睁开眼一看，就把洪显祖看穿了。”

“这位葛日新，现在干什么？”

“听说原来是念化学的，在加州大学拿的博士学位。现在博士学位不要了，在街头卖包子。”

“卖包子？”他吃了一惊。“我表妹会喜欢一个卖包子的？她那种个性，怎么会……我简直想不透。”

金理和似乎有点不高兴。

“老陈，你怎么还满脑子封建思想。卖包子有什么不对？在美国的中国人都是混饭吃，尽管位置再高，都要看洋上司脸色。替人家做事，就要受人家的气。卖包子是自由职业，不必受气，比我还强呢。”

“我不是这个意思。我这位表妹不是能吃苦的那种人。我对她了解得很清楚。她那么好强，我很难想象，她会离开洪显祖去跟人家卖包子。”

“你要晓得，在台湾洪显祖是英雄，在这里葛日新这样的人才是英雄。如果王亚男崇拜英雄，她一定会看不起洪显祖，改跟葛日新。”

他听了金理和的话，将信将疑。餐后，金理和带他回住处，两人又聊了许久。他渐渐觉得金理和变了，变得愤世嫉俗，动不动就批评这个批评那个。金理和的许多牢骚，他不太能够理解。在他看来，金理和已经是万人称羡的成功者，博士学位到手了，又找到待遇很好的工作，可是金理和却显得那么苦闷。他不由得想起松山机场送行的明蕙，抱着明明，牵着康康，满脸期待的神情。他如果能做到金理和这个地步，该有多么快乐。眼前倒在沙发上的金理和，却连一丝快乐的表情都没有。他浏览客厅的书架，上面堆满了有关中国的书籍和杂志。客厅的另一头，则挂了一排粗细长短形状各不相同的钓鱼竿。金理和看他注意到钓鱼竿，精神突然来了。

“老陈，我给你看我的钓鱼记录。”

金理和拿出一本相簿。他一页一页翻过去，都是金理和和各种各样的鱼合照的相片。有一张放大相片，金理和提着一尾旗鱼，有他大半个人那么长。

“这是我最得意的杰作。那条旗鱼足足有三十五磅重，我和它奋斗了三小时，才把它钓上来。”

“我不晓得你这么喜欢钓鱼。”

“我现在只有两个嗜好：中国和钓鱼。中国是我唯一的爱，钓鱼是我消磨时间唯一的方法。”

金理和送他回旅馆。他一路上都在思索。金理和讲的许多事情，都令他迷惑。表妹变了，居然会爱上一个放弃博士学位卖包子的怪人。金理和也变了，虽然对朋友仍然那么热情，精神却十分颓唐，一点不像刚出校门，事业才开始，正是黄金岁月的年轻工程师。他想到洛杉矶城暗紫色的落日。美国真是一个奇怪的地方。他不由得想起一个童话故事：满身疲累的年轻旅人走进一个山洞，有一位美丽的少女正在纺纱。她要求旅人允许她将细纱缠绕在他身上。旅人欣然同意，在少女的歌声中沉沉睡去。等到旅人惊醒，身上的细纱已变成粗绳，将他紧紧捆绑住，少女也变成丑陋的女巫，对着年轻的旅人狞笑。

金理和从前和他一样向往美国。但金理和比他幸运，一毕业就通过留学考试去了美国了。他却在台北艰苦奋斗了七年，才终于获得这个机会。可是现在金理和眼中的美国，似乎已经从美丽的少女变成丑陋的女巫。金理和满腹牢骚，却似乎又无法自拔。为什么金理和会变成这样子？出了什么差错？是金理和自己的问题？还是每个留学生都有着同样的经验？金理和提到的保卫钓鱼岛运动，似乎给予金理和很大的刺激。究竟“钓运”是怎么一回事情？多少留学生受到了“钓运”的洗礼？

这一连串的问题，在他脑海里盘旋。回到旅社，他打电话给洪显祖。他已经试过好几次，这次居然打通了。接电话的是一个外国女人。他用生硬的英文解释了半天，对方才弄懂，叫洪显祖来听电话。他告诉洪显祖，希望找机会拜访他。但洪显祖的声音显得非常冷漠。

“不必来了。我和王亚男正在办理离婚手续。请你转告王家，我会给她一笔赡养费，条件是萱萱归我抚养。王亚男已经同意这些条件。”

“那么……萱萱在您这里了？我可不可以来看她？我大舅和舅妈最关心萱萱……”

“她很好，你们都可以放心。”

他来不及再说什么，洪显祖已经挂断了电话。

五

世界华商会议闭幕的第二天，总经理就回台北去了。他果然奉命留下来，筹备设立公司的美西办事处。除了忙业务上的事情，周末他和金理和去钓过一次海鱼。他没有再打电话给洪显祖，料想不会有什么结果。给舅妈的信上，他只提到萱萱很好，他会去看表妹。他写了封信给表妹，也没有收到回信。他不知道她究竟收到信没有，也不知道她是否仍旧住在旧金山。但既然已经答允舅妈，他觉得无论如何必须去一趟旧金山。第二个周末，他便搭上一辆北驶的灰狗客车。

虽然是十一月底，洛杉矶仍然很暖和。旅行客车经过加州山区的时候，气温骤降，路上飘起雪花，沾到车窗上，化为一条条雨线。他还没有看到过真正的雪景，情不自禁地脸贴着玻璃窗，专注地看披上一层薄雪的原野。车在不知名的小站停下来。他随着别的乘客下车，买了一纸杯咖啡。车站外黄褐色的土地间或有小块小块的积雪，远处灰濛濛的雾气间，勉强能辨认出山的轮廓。雪花四散飞开，纷乱的飘落。他又随着乘客登上汽车。车子不一会驶出小站。他再度回首，小站已被蒙蒙的雾气掩住。

汽车驶近旧金山时，正是黄昏。他在车上打了个盹，恰巧醒转过来，看见沿山而筑的旧金山城呈现在眼前，仿佛一颗镶满宝石的巨钻般闪闪发光。他拿出照相机，凑在车窗口拍摄了几张夜景。汽车从公路转入市区，经过一排排巨大的水泥建筑物，驶进车站。他在车站门口找到一辆计程车，递给司机表妹的地址。计程车载着他穿过无数街巷，一会驶进灯火耀目的闹市，一会又驶进暗无一人的冷弄。他早已失去方向和距离的观念，任凭计程车载着他急驶。许久，计程车终于慢了下来。司机摇下车窗，一间间数着门牌号码。他也摇下后座的车窗，带着海水味的冷空气直涌进来。他注意到街道两旁都是陈旧的公寓式建筑物，路灯半明半灭，公寓门口堆着几桶垃圾。他有些诧异，表妹竟会住在这种地方。但计程车却停住了。他再拿表妹的地址给司机看，司机不耐烦地点头。他无奈，付了车资下来。想到应该要计程车等他一会，可还没来得及开口，计程车已经加足马力开走了。他提着简单的行囊，站在路边，一时不知该如何是好。万一表妹不住在这里，或者已经搬走了，他该怎么办？他环顾两侧陌生的建筑物，心扑扑跳着，开始搜索门牌号码。幸好计程车司机并没有认错路。左边的第二栋公寓，便是他要找的五一七号。他小心翼翼地敲门，没有回响。他一试门钮，门并没有锁。他打开门进去，发现自己置身于公寓的走廊里。他再看地址，五一七之C二号。他猜想是二楼，走上吱吱作响的楼梯，在第二层楼果然找到C二号的房门。房门的油漆已经剥落，没有住户的名牌，门缝里泄出灯光。他留神倾听，里面似乎有中国歌曲声。就是这里了！他兴奋地想，拿手重重敲着房门。

门开处，一位头发蓬乱的青年探头出来，上下打量着他。

“你找谁？”

“请问王亚男小姐是不是住在这里？”

“她不在。你找她有什么事？”

“我姓陈，是王小姐的亲戚，才从台湾来。我有家信带给王小姐。”

“你是陈泽雄是不是？”乱发青年笑了，露出一嘴黄牙。“我们晓得你来美国，没想到你会找到这里来！请进请进。”

他跟随乱发青年走进客厅，所谓的客厅，又似乎是睡房。房间的一角，摆着一张钢丝床，地上也铺着被褥。房间的另一角是书架，书架旁小几上摆着唱机，正播放着一曲中国民谣。进门口处零乱摆着几件家具。墙壁贴满了图片和龙飞凤舞的字条。乱发青年说：

“你来得不巧。亚男今晚去伯克利了，不会回来。我们明天在那里有一个聚会，她先去布置。”

他十分失望，踌躇着说：

“真糟糕，我只能在旧金山停留一天。明天晚上，我必须回洛杉矶去。”

“你明天就要走？急什么，一道去参加我们的聚会，多住几天再走。”乱发汉子看看表，“亚男等一会就会打电话回来。你坐一下。请坐，请坐。”

他找了半天，才找到一张没有放东西的椅子坐下。乱发汉子在房间里转来转去，从桌上找来一个空茶杯，又从冰箱里拿出一瓶橘子水，也不管茶杯是否干净，就倒了一杯递给他。他这才注意到房间里还有冰箱和炉子。看来厨房也属于房间的一部分。乱发青年始终没有自我介绍的意思，他只好问：

“你就是葛日新先生？”

“对，我叫葛日新。”乱发青年又咧嘴而笑。“你刚才怎么来的？自己开车来？”

“我从灰狗车站坐计程车来。你们这里真不好找。我又没有你们的电话，没有办法先联络。”

“幸亏我在家。假如我也去伯克利，今晚就碰不到你了。你饿不饿？”

他记起自己还没有吃晚饭，不太好意思地点头。葛日新打开冰箱，拿出一袋东西，扔进电锅。

“我们家别的没有，有的是包子，蒸熟了就可以吃。你随便吃一点。我现在看到包子就怕。每天卖包子不算，在家里还要努力吃卖不完的包子，真是倒尽胃口。”

他没有料到葛日新竟这样坦然谈起卖包子的事。看来传闻都是真的了。葛日新倒了半碗水进电锅，按下电锅开关，又说：

“夏天的时候，生意还不错，每天批发五百个包子，都可以卖完。一到冬天，生意就不行了。伯克利附近餐馆越开越多，光顾我的小吃摊的人越来越少。看样子，我的小摊不久就要倒闭了。”

他仔细打量表妹的新男友。葛日新似乎很久没有梳洗过，头发胡须纠缠在一起，皮肤黝黑，合不拢的嘴露出两颗香烟熏黄的门牙，穿了一件破旧的皮夹克，的确像个卖包子的小贩。

但是葛日新随和的态度，使他立刻对他产生一种说不出的好感。葛日新谈卖包子，丝毫没有不自然的神情，反倒是他有些不好意思开口。想想，他忍不住问：

“亚男……也帮你卖包子？”

“没有。她脸皮薄，又怕碰到熟人。我另外有一个朋友，两人轮流卖。”

“葛先生，我们初次见面，本来不该问这些事。不过，你究竟是拿到博士学位的人，到街头卖包子，未免大材小用吧？”

“看你怎么想。只要自食其力，任何行业都一律平等。说到大材小用，我是学化学的，我的一位同学在一家公司专门研究生化战剂，另外一位在狗食工厂搞研究工作，研究怎么改进狗食的品质。你想想，究竟是谁大材小用？我卖包子，对别人多少有些用处，至少没有害处，对不对？”

他听了葛日新的话，不好再问。葛日新也改变话题，问起台湾的情形，他一一答复。葛日新很认真地听着，眼神里透露出渴望的神情。他想起金理和听他谈台湾现状，也有着同样的眼神。葛日新和金理和，都希望知道台湾的一切。他感觉得到，他们真正关心着台湾的一草一木。他在洛杉矶也碰到一些留学生，每年都回台湾度假，追求女孩子。台湾在他们的心目里只是最好的游乐去处，但是他明白他们并不真正关心台湾。如果不回台湾，他们一样可以到别的地方度假，也会一样的快乐。葛日新和金理和却不同。一个人对一个地方有没有真正的感情，只要看他谈起那地方时的眼神，就完全可以明白。可是葛日新和金理和，又都不曾再回过台湾。他有些迷惑。

“葛先生，你是外省人吧？”

“叫我葛日新好了。我是湖南人，可是我生在四川成都，长大在台湾，现在人却在美国。你说我算哪里人？”

“我不知道。我父亲是新竹人，母亲是河北人。你要问我是哪里人，我也不知道。”

“你是半山。”

“对，我是半山。不管我是什么人，我喜爱台湾。出来一个多月了，我愈来愈想家。美国虽然好，我还是喜欢台湾。我想回去。等到公司办事处成立，我一定要回去。”

葛日新点点头。

“我明白。你很有福气。要是我像你一样，我也会回去。”

“可是你和我有什么不同呢？我看得出你也爱台湾。你这么关心台湾，为什么不回去一趟呢？回去看看也好，你的家人都在台湾吗？”

“都在高雄。”葛日新站起来，“我父亲在海关做事，现在退休了，在高雄做些小生意。我也想回去看他们。可是……这不是问题所在。”

“问题在哪里呢？”他说，“对不起，我也许不该这样问。但我实在不太了解，为什么许多海外留学生关心台湾，像你这样，竟不肯回去，宁可在这里卖……卖包子。”

葛日新似乎被他的话击中要害，神情有些激动。

“也许就因为我太关心台湾，我反而不能回去。你明白我的意思吗？你爱一样东西，爱得越深，感情就越复杂，有时反而会恨它。爱恨交织，到最后，连你自己也分不清，什么是恨，什么是爱。你明白我的意思吧？”

“这个我懂。结了婚的男人都懂！男人对自己的老婆，往往也是爱恨交织的。”

葛日新在房间里踱来踱去。

“我的朋友里也有不少学人型的人物，时常回台湾去当顾问或讲学。国家花费那么多钱，让他们蜻蜓点水似地跑来跑去，真是天地良心！他们花的都是台湾纳税人的血汗钱，吃的酒席都是民脂民膏。他们这么做，正因他们并不真正关心台湾，只是找机会多占点便宜。我能够这么做吗？我不能够。你爱的人不争气，你会恨他，正因为你太爱他。假如我完全不关心台湾，反而可以安心回去当归国学人，大吃大喝，你明白吗？”

他不知道该如何回答。他没有想到几句话，竟引得葛日新情绪如此激动。葛日新从墙上撕下一张纸，递给他。

“你看吧。我怎么会不想家呢？”

他拿起纸，上面歪歪斜斜写着几行诗：

“露斯塔奇亚
在你耳边，轻轻述说
舌尖吐出音符般的几个字
露斯塔奇亚

魔笛吹奏者走向沙滩
孩子们怡然相随，手牵手若匹链

来吧！

魔笛翻弄如蛇，伊甸园的诱惑

孩子们欣然相随，匹链入水

永不复返，永不复返

遥远美丽的土地，沉入记忆苦涩的一角

怒吼声亦已远去，如一张老旧沙哑的唱片

昨日之爱，昨日之怒

均已忘却

露斯塔奇亚

仍在你耳边，轻轻述说

音符般的几个字

露斯塔奇亚”

葛日新打开电锅锅盖，拿出包子。他和葛日新，沉默地对坐而食。包子外表虽热，内部却仍像冰块般坚硬。他食不知味地嚼着。葛日新似乎没有心情谈话，吃完便替他整理好被褥，指给他看洗脸的小澡房，自己却坐在一旁抽烟。他随便擦了把脸，关掉电灯，躺了下来。葛日新的烟头，在黑暗中成为一点微红。过了许久，有电话铃响。铃响迅速被截断，葛日新低声讲了一会，似乎提到他的名字。他迷糊里听到葛日新挂上电话，轻轻摸上床铺。他胡思乱想了许久，不觉睡去。

六

葛日新一早便叫醒他，两人匆忙吃完早餐——昨晚剩下的包子——就准备出发。他们走出公寓大门，晨雾正浓。这白雾和台北清晨的薄雾不同，也不像洛杉矶城灰黑色的烟雾。他嗅到晨雾里浓厚的海水味。雾在街道间滚滚而来，倒使附近的房屋显得亮丽洁白。葛日新说要带他去看附近的金山大桥。他才明白葛日新的公寓离海并不太远。葛日新有一辆极破旧的汽车，开动时全车都会震抖。葛日新开得很快，三转两转就转上一条公路，再开了几里，便看到隐约掩藏在雾里的金山大桥。他们在桥墩停好车，葛日新带他走上金山大桥。起先因为雾气太浓，什么也看不见。他正觉得扫兴，雾气突然散了，千万束阳光透过云层绽开处射下来，金光闪动，吊桥高大的桥柱，戏剧性的整个呈现在眼前。桥底的雾也散开了，仿佛拉开帘幕般，显现出底下青蓝色的海面，一艘乳白的客轮正鼓浪前进。他们观赏了一会，走回桥头的咖啡屋，喝了两杯热朱古力，葛日新又带他上车。

“可惜你今天晚上就走，不然我可以带你去好些地方跑跑。旧金山恐怕是美国最漂亮的城市。”

“你来美国，一直住在旧金山？”

“不。我在加州大学念书，在伯克利住了五年，这两年才搬到旧金山来。金山湾一带我都很熟悉。”

“听说这里中国人相当多？”

“总共有十几万人。人数是不少，可惜不团结，起不了什么作用。任你再怎么宣传，他们都来个相应不理。寄刊物去，他们往垃圾箱里扔。中国人真是不团结！”

葛日新用力敲着驾驶盘，车子突然向路旁滑去，幸亏葛日新及时打回轮盘，才没有滑出公路。他在一旁不由得惊出一身冷汗。

“你们宣传些什么？”

葛日新意味深长地望他一眼。

“难道你在南加州没有听到过一些流言吗？”

“他们说你和亚男都是左派，说你从前是‘保钓会’的主要人物，在这里很活跃。”

“左派，哈！”

“那么你不是左派了？”

“我不管别人怎么说，就是这个样子。谁告诉你我是左派？是不是洪显祖？”

他没有料到葛日新这样反问，连忙摇头。

“不，不是洪显祖。我还没有见到洪显祖，只跟他通了一次电话。别人都这么讲。”

葛日新哼了一声，半晌说：

“洪显祖那个人不是好东西。你如果以后见到他，一定要小心，绝对不能轻信他的话。”

“亚男跟洪显祖不是已经在办离婚手续了吗？”

“谁说的？这倒是新闻！”

“谁……洪显祖自己说的。难道也不是事实？”

“洪显祖哪里肯这么轻易就罢休？”葛日新咬牙切齿地说。“他扣着萱萱不放，还谈什么离婚？他一开始就存心捣蛋，以为我们没有钱，打不起官司。你看着好了，我们一定会和他周旋到底。”

他看出葛日新一提到洪显祖，感情就激动起来，车子也开不稳，连忙知趣地闭上嘴。葛日新显然并不相信洪显祖肯和王亚男离婚。但是在电话里，洪显祖明明说打算离婚。也许双方还在为萱萱的监护权争持不下？葛日新说洪显祖扣住萱萱不放，骂洪显祖故意捣蛋。他知道洪显祖一向钟爱萱萱，觉得这倒不能怪洪显祖。倒是亚男，她从来不十分在乎萱萱，现在又何必争萱萱的监护权？他又想，萱萱跟随亚男和葛日新，也不见得一定幸福。他在脑子里这么想，嘴里却不敢说出来，以免影响葛日新驾车的情绪。车子这时已驶过湾区大桥，葛日新指给他看加州大学钟楼的尖顶。

“那边就是加州大学了。我们今天的聚会，就在加大学生活动中心。”

“什么性质的活动？”

“中国近代史图片展览，还有幻灯放映、合唱等节目。”葛日新对他笑笑，“放心好了，不是什么左派活动。”

他将信将疑。想起明蕙和孩子们，他有些顾虑，觉得不参加葛日新王亚男他们办的活动也罢。但是他来旧金山，目的就是为了见王亚男一面，好写信对大舅、舅妈报告她的情况。如果临阵退缩，不仅见不到亚男，也怕葛日新取笑他。他左思右想，想不出一个两全的办法。他还在考虑，葛日新已经在校区附近的一条小弄里找到停车的地方。他只好跟随葛日新下车。

加州大学的建筑物并不如他想象中那么雄伟，甚至显得有些零乱。他们走过两条街，如果不是葛日新告诉他，他还不知道已经进入了校区。四面既没有围墙，也没有特别的标志，唯一的不同是草地上躺满了男女学生，有的几乎脱得赤条条的，旁若无人地享受日光浴，也有的举着书本，一面晒太阳，一面读书。喷水池的旁边站着几个怪人，剃光了头，留一小束马尾，身上披着袈裟，闭着眼睛，喃喃地念着梵文经。他看得有趣，脚步不由得慢下来。葛日新在一旁催促他。“走吧，我们已经迟了。”

“这些是什么人？”

“传教的。”葛日新用力搔着蓬乱的头发。“美国青年现在最喜欢东方的神秘宗教。许多印度混混儿乘机都跑到这里，摇身一变，成为有道高僧，大捞一票。最可笑的还有一个二十来岁的印度胖子，居然是个教主，到处招摇撞骗。美国人就吃这一套。”

葛日新拉着他走进活动中心。两人上了二楼，二楼口摆着一张桌子，上面放了几叠油印的中文刊物。一个瘦瘦的女孩子坐在桌子后面。葛日新显然认得她，过去和她说话。他站在一旁无聊，随手拿起桌上刊物，一页页翻过去，越读越胆战心惊，连忙把刊物放回原处，手心还微微发烫。葛日新察觉了，对他说：

“要不要带几本回去看？”

“不用了，不用了。”他连忙摇头，“我很少看这种政治性的刊物。”

“我在这里招呼一下。陈泽雄，你先进会场去好不好？开完会后，我们在这里会面。”

“王亚男呢？”

“她就在会场里面。”

葛日新随即和瘦瘦的女孩走开了。他无奈，只有自己走进会场。会场四周墙上，挂着许多图片，也有文字说明。会场中央摆着十几排椅子，已经坐了三十几位男女学生。他转了一圈，没有找到王亚男。他怕别人注意到他，便在最后一排找了一个座位坐下来。又过了一会，有十来位男女走进来，鱼贯走上前台，站成两排。他发现表妹果然也在里面。表妹显得憔悴了些，原来丰满的脸庞，消瘦了一圈。这时有一个高个子走上台去，对观众一鞠躬，再转过身，举起指挥棒，台上的男女便唱起歌来。一曲唱完，灯光熄灭了，台旁的银幕上打出幻灯片。一个女生开始解说，他听得出是表妹的声音。声音叙述着抗战的历史，银幕上便一张张出现抗战的画片。

一段叙述完毕，灯光又亮。合唱团开始唱另一首抗日时期的歌曲。然后是另一段幻灯片，另一首歌曲。节目进行得很紧凑，叙述的声音也深深掌握住观众的心弦，时快时慢，时而激昂，时而沉痛。台下的观众静默无声，似乎都被深深地感动了。台上的人歌唱时，他们脸上庄严虔诚的表情，似乎已经和歌声融合成一体。他感觉自己的身体，也微微在颤抖。

节目完了，台下的观众报以热烈的掌声，他也不禁鼓掌。这时有人在背后拍他一下。他回头一看，是葛日新。

“现在我们可以找王亚男了。”

他跟随葛日新走到台前。合唱团的团员已经熟练地在收拾东西，有的人收起墙上挂的图片，有的人整理椅子，有的人卷起幻灯银幕，井井有条。葛日新唤了几声，表妹看到他，微笑着走过来。

“大雄，你总算来了。我爸爸妈妈都好吗？”

“都很好。我有他们托我带给你的信。”他考虑了一下，又加上一句，“你们今天表演得真好！很成功。连我都被你们感动了。”

“不成啊。”表妹看着葛日新说，“来的还是这几个人，都是熟面孔。我觉得比上次人还少了些。”

葛日新耸耸肩膀。“有什么办法。其他的人都是朽木，只晓得读书。你再贴海报，他们也不来。”

“真是的。连我都有点灰心了。”表妹叹口气说，“等会我们还开会不？”

“不开了。”葛日新看了他一眼。“陈泽雄难得来一趟，我们总该好好招待他。”

“招待是不敢当了。”他连忙说，“我今晚就得回洛杉矶去，已经没有多少时间，倒的确想和你们多谈谈。”

“今晚就走？”表妹诧异道，“这么快？好不容易来，大雄，你就多住两天嘛。”

“不行，我在洛杉矶还有好些业务上的事情。下次再来，我一定多住几天。”

“好吧。那么，我们就找地方聊聊，然后送你到车站。”葛日新说，“我去和大家说一声，今天就不开检讨会了。”

他们带他到电报街上的一家德国啤酒馆。葛日新要了一大玻璃杯啤酒，三客夹肉面包。他早已饿了，狼吞虎咽吃完夹肉面包。葛日新和表妹似乎都没有什么食欲。表妹专心读舅妈托他带来的信。葛日新只顾喝酒抽烟。表妹看完信，把信纸揉成一团。

“这么多年了，我爸爸妈妈还是不了解我！”

“他们信上怎么说？”葛日新问。

“翻来覆去，还是那几句话。他们就怕丢脸，却不想想我这几年跟洪显祖过的是什么日子！”

表妹脸上的表情很难看。他想要说几句话，想想还是把话咽下去。葛日新灌下一满杯啤酒，拿袖子擦擦嘴角。

“陈泽雄说，他跟洪显祖通过电话，洪显祖好像有意思办离婚手续了。”

“对的。”他把洪显祖电话里的话，照实说了一递。“他最在乎的是萱萱。我听他的口气，只要他能保留萱萱的监护权，其他都好商量。”

“为什么萱萱要归给他？”表妹气得脸色发白，声调也提高了。好在啤酒馆里很吵，并没有人注意到他们。“在美国离婚，儿女总是归女方。我就是要萱萱！洪显祖的诡计，我还不清楚？他什么事情，都是一步一步地来。今天我同意萱萱归他，明天他连赡养费也不必付了。他就是这样阴险！”

“这事要分两层来看。”葛日新说，“萱萱的监护权，是一个原则性的问题。萱萱当然应该归你抚养。好好一个孩子，再跟她那个满脑子铜臭气的父亲住下去，就会被他毁了。我们一定要救回小孩。至于赡养费，你倒不必稀罕什么赡养费。我的意思是，萱萱一定要争取回来，赡养费宁可不要。”

“为什么我不能要赡养费？孩子是我生的。我替他做了那么多年牛马，为什么他不该给我赡养费？为什么我一定得过苦日子？”

葛日新不说话，给自己又倒了一杯啤酒。表妹气得嘴唇发抖。他在一旁不敢插嘴。过了一会，葛日新说：

“他的肮脏钱，能不要就不要，何必跟他讨？我们现在过的也不算是苦日子。苦不苦，完全看各人想法如何。那些中产阶级的华人，每天看上司脸色，愁房子车子的分期付款，担心不除草被邻居笑话，才真叫辛苦。”

“这件事我一定要争。我们一天到晚骂资本主义不好，洪显祖正是头号资本家。要他出钱养孩子，有什么不对？再说，我替他带孩子管家那么多年，即使是女仆，也该有相当的报酬。难道为人妻子的，离婚后连这一点点报酬都不应得？”

葛日新用力拍桌子。

“他的臭钱，我们不要就是不要！我还不至于这么没出息。”

“这跟你有什么关系？赡养费是给我的，又不是给你的，你着急什么？”

“亚男，我老早就告诉过你，我们的路不好走。别人辱骂我们，取笑我们，把我们当疯子，当神经病看，给我们戴种种帽子。以前我给你分析过这些问题，我们一定要忍耐得住寂寞，承受得住打击，坚持下去。”

“但是你也必须面对现实。你看今天，我们花费了那么多精神，筹备了那么久，结果呢？来的就是那几张熟面孔。别的人你骂他朽木也好，懦夫也好，他就是不来。日新，你必须明白，现在大家不像‘保钓运动’的时候那样热心了。海外的中国人从来就不太团结，不关心政治。‘保钓’是千载难逢的一次。现在大家又都回复到从前的老样子，对政治漠不关心。你喊破了嗓子也没有用。这样的客观环境，我们稍微注意自己的生活，又有什么错？”

“‘保钓运动’并没有结束，只是换了一种进行的方式。”葛日新说。他注意到葛日新显得有些疲倦。“我们已经多次讨论过这些问题。历史不是直线发展的，这是唯心论者才有的看法。‘钓运’以后，群众必然会冷淡下来。但是这并不表示‘钓运’结束了，从此就烟消火灭了。以后一定会有新的人起来，再继续下去。我们的工作就是铺路的工作。”

“铺路，铺路，究竟要铺到什么时候才停止呢？”表妹双手抱头，恨声说。“我实在有些厌烦了。每次开会，讲来讲去都是那些不着边际的老话，谁也拿不出具体的办法来。办活动，参加的人越来越少。你说，我们坚持下去，为的是什么？”

葛日新猛吸烟。表妹又说：

“我们现在这样子生活，你不觉得苦，我……我也不怕苦。可是萱萱来了以后怎么办？我万一再有孩子怎么办？日新，我们必须多想想了。”

“多想什么？”葛日新暴发了。“想怎么去弄洪显祖的赡养费？他妈的，我一辈子还没有这么窝囊过。你少讲些可以不可以？”

表妹叹口气，眼圈红了。葛日新又灌下一杯啤酒。他冷眼旁观，觉得必须说些什么，又不知道应该如何劝解。表妹注意到他尴尬的表情，勉强挤出一个笑容。

“真抱歉，大雄，你一来就尽是听我们讨论这些事情。姑父姑妈好吗？谢谢你们寄东西给我。我一直心情很坏，没有办法好好回信，太不礼貌了。”

“没有关系。”他说，也趁机转移话题，“我走以前，还到新竹去看你爸爸妈妈，他们非常想念你和萱萱。其实你们如果有机会，真应该回去一趟。”

“新竹怎么样？变了很多吧？”

“还是差不多。比起台北，新竹要算改变最少的了。就是风大，不然新竹真是住家的好地方。”

“哦……我倒最怀念新竹。”表妹抚弄着手上的戒指，叹息着说：“洛杉矶的家，我从来不把它当成自己的家。如果没有萱萱，我连想它也不愿意想。现在住的地方，”她迅速看葛日新一眼，后者垂着头，不知想些什么，“也并不是很理想。还是新竹最好，又干净。白光冰店还在不在？”

他搔搔头。“你说东门市场对面那一家？我倒没有注意，应当还在吧。上次我去新竹的时候，正在整修东门市场。所有的摊贩，都搬到县立图书馆旁边沿河一带，离你家不远。早上起来，就闻得到菜场的味道。”

“那真好。”表妹说。他不确切明白表妹指的是什么真好。是菜场好？还是回家真好？也许，对表妹都是同样的意义。他才离家一个月，已经明白思乡的滋味。这时啤酒馆的顾客逐渐增多，有人不断投钱到唱机柜里，一首接连一首播放琼蓓丝的歌。沉默了好一会的葛日新抬起头来，平静地说：

“时间差不多了，我们该送陈泽雄去车站了。”

“你还能开车吗？”表妹关切地问，又对他解释道，“他不能喝酒，连啤酒也不太能喝。”

“我没有问题。”葛日新摇摇晃晃站起来，“这一点啤酒，不算什么。”

“到奥克兰灰狗站好了。”表妹说，“这样我们不必开车上高速公路。”

“我没有问题。我告诉你我没有问题。”

一路上葛日新开车左摇右晃，幸亏表妹在一旁帮忙扶住驾驶盘，才不致出车祸。他坐在后座，看表妹专心辅助葛日新开车。他感觉得到，表妹似乎远比葛日新成熟。表妹对待葛日新的态度，不像夫妻或情人，倒像姐姐对待弟弟。他从来没有看她这样对待洪显祖。洪显祖当然远比葛日新要练达世故。表妹和洪显祖结婚时，也还只是个大学未毕业的女孩。没有隔几年，表妹却完全变了，跟上次闹婚变回台湾时大不相同。那时她还只是初婚的少妇，现在却完全像个成熟的女人，虽然憔悴了些，却更加迷人了。他突然止住自己的思潮。难道他妒忌葛日新？不，他早已放弃妒忌表妹的男朋友。从林欣开始，他就不曾再有这种念头。不，这不是妒忌。他坐在后座，看前座偎依着开车的两人，浮起一个意念。他要尽自己最大的力量，成全表妹和葛日新这一对。他打定主意，回洛杉矶就去找洪显祖，一定要说服洪显祖放弃萱萱。

在奥克兰车站，表妹送他到车站里面。葛日新果然醉了，留在汽车里休息。他买好车票，回到表妹身旁。表妹伸出手来，他轻轻握住。

“替我写封信回家好不好？我实在不能跟他们写信。就说我一切都很好。”

“我会写。我在车上就写。”表妹抽回手，他注意到表妹眼中的泪光，“你也多注意身体。不要每顿都吃冰冻包子，哈哈。”

“到洛杉矶，如果你去找洪显祖，”表妹的声音有些沙哑，“记得看看萱萱怎么样，写封信告诉我。”

“我一定会去看她。你先回去吧，免得葛日新在外面等。我再跟你通信。”

表妹点点头。他目送她离去。表妹走出车站大门，犹豫了一下，回过身来对他挥手，转了一个弯就消失不见了。他看看表，离开车还有一个多小时。他买了一份报纸，坐在长椅上，安心等候去洛杉矶的最后一班客车。

惊蛰

一

施平却记不得有陈泽雄这么一位读者。

“请问你找我有什么事？”

“我三个月前从台湾来美国，一直在西部，今天到纽约来办事。不知道你有没有空？我想找机会和你聊聊。我们已经七年没有见面了。上次见面，还是在台北开同学会的时候，你记得吗？”

电话突然清楚了，施平也突然想起陈泽雄是谁，暗叫一声惭愧。自己的记忆力真是越来越差，连高中同学的姓名都忘记了。

“老陈，是你啊！真是太想不到了，你人在哪里？”

“我在机场，我现在用机场的公共电话跟你打电话。”

“哪一个机场？肯尼迪机场还是拉瓜迪亚机场？”

“请你等一下， 我看看我的飞机票……飞机票上面写JFK，这是……”

“肯尼迪机场。”施平说，“我来接你吧。”

“不好意思麻烦你。如果你忙，我自己可以坐计程车去旅馆。”

“我不忙，你不必客气了。你坐哪一家航空公司的飞机？”

“美国航空公司。”

“好，你就在出口的地方等我。我立刻来机场接你。我们见面再谈。”

“施平兄，实在太麻烦你了。”

“哪里的话。我们等会见。”

施平放下话筒，简小姐头也不抬，手里却多了一串钥匙。

“我的车停在隔壁街口。回来的时候，记得替我加一点油。”

施平感激地接过钥匙串。简小姐就是这点可爱，她大方起来的时候，不必开口问她，什么东西都肯借给别人。施平很少开车上班。他住的公寓，就在地下火车站旁边。遇到有急事，他总是借简小姐的车子。其实简小姐也可以坐地下火车上班，但是她说怕晚上回家遇到坏人，坚持每天开车来。施平有时也搭她的车回家，他们的住处相距不远。自从简小姐认识那个香港侨生，施平怕人家说闲话，搭车的次数减少了许多。可是遇有急事，仍免不了向简小姐开口。如果要借宋先生或黄国权的车子，那可是千难万难的事。

“我会帮你加满油。谢谢你。”

施平到楼下穿上大衣，披上围巾。他走出报社的边门，沿着人行道慢慢前进。鞋子踏在一层新铺的雪上，发出轻微的崩裂声就陷下去。施平很喜欢这种感觉。他不讨厌下雪，却痛恨化雪时的一片泥泞。已经快三月了，这该是最后的一场雪。忍耐过完化雪的泥泞日子，就是春天了。春天。现在还想象不出春天的情景，但是春暖花开的日子总会到来。即使是在纽约，也一样会有春天的气息。如果是在西部，春天的气息更浓。不对，施平立刻纠正自己。西部有永恒的春天，一年四季都是春天。这也不对。自己已经将记忆里的西部美化了。伯克利一样有冬雨绵绵的讨厌日子，但是那时自己却从不觉得日子特别难过。也许因为那时他还是学生？也许因为那是他生命里的春天？

不要想了，什么时候自己竟变得这么婆婆妈妈起来。还是想些别的。陈泽雄。对，他并没有忘记陈泽雄。陈泽雄这几年在台北商界渐露头角的消息，施平断续有所听闻。钱更强对他提过陈泽雄的事。钱更强来美最迟，两年前才离开台北。据钱更强说，陈泽雄毕业以后，东奔西走，换了几个差事，一直不很得意。后来陈泽雄岳父帮他凑了十几万，在西园路买了栋小公寓，总算把家安顿下来。前几年台湾房价突涨，陈泽雄适时将房子卖掉，就此搞起房地产。钱更强离开台北时，陈泽雄已经十分发达，据说手上有好几栋房子。陈泽雄在一家外贸公司里上班，也爬到经理的位置。钱更强每次提到陈泽雄，语气间不无懊恼的意思。施平知道钱更强在台北经营的贸易行，本来业务情况不差，但他偏偏放弃了，到美国打天下，苦干了两年，也不过弄份差事糊口而已。钱更强因此常对朋友抱怨他太太，因为他们移民出来，实在是他太太的主意。钱更强在台北，常常拈花惹草，太太和他吵了几年，寻死觅活，坚持要出国。钱更强那时大约金钱上有些小麻烦，又被他的情妇闹得不可开交，一时糊涂，就铸成大错——至少钱更强对施平如此抱怨。但是钱更强的太太倒十分满意，因为钱更强再有天大的本领，在纽约也施展不开来，只有安分守己做个好丈夫。

施平找到简小姐停在路边的小跑车。他抹去挡风玻璃上的残雪，跨进车里，发动引擎。油表果然几乎到底了，回来时要记得加油。施平让引擎空转了两分钟，等到温度计开始移动，他才推动排档，慢慢驶上马路。

二

餐馆里面不算拥挤，施平和陈泽雄很容易就找到一张空桌子。施平向熟识的伙计要了一壶菊花茶，几样广东点心。伙计迅即端来一小碟冰糖和一壶茶。施平将半碟冰糖倒入茶壶内，拿小汤匙慢慢搅拌着。

“你一定饿了。先喝点茶，吃些点心。我们一会再点菜。”

陈泽雄似乎没有听到施平的话，东张西望了一会，才将注意力转回到茶壶上面。

“这家餐馆不错，还有菊花茶。是不是广东馆子？”

“是茶馆。不过他们也卖别的。这馆子离我们报社最近。我几乎每天中午都到这里饮茶，吃点心。”

“你真有福气。”陈泽雄不胜羡慕地说，“洛杉矶的华埠也相当热闹。可是洛杉矶城太大了。要去吃一顿中国饭，开车就要开好久。哪里有你们方便，隔一条街就有中国馆子。”

施平替陈泽雄倒满一杯热茶。

“我每天编的是中文报纸，吃的是中国饭菜，讲的是中国话，看的是中国电影，甚至回到家里还有华语电视可看。有时简直忘记身在纽约。最近移民来的人很多。我住的那一带，全是中国人的天下。走到街上，看来看去都是黄面孔。新来的人很有钱，一来就买一栋三层楼的公寓，自己住一层，租掉两层，太太平平过寓公日子。现在这样的寓公真多，台湾的有钱人全出来置产了。有的先替儿女买好房产，自己再回台湾去捞钱，真有本事。”

陈泽雄注意听着，半晌叹了口气。

“你觉得这是好现象吗？”

“我没有说是好现象。这是一种现象，好坏是另一回事。你在纽约多住一阵，什么样的人物都可以见到。尤其像我在报社做事，接触的人特别多，见到的怪现象，真是写几本书都写不完。”

陈泽雄又叹口气说：

“施平兄，你在国外住了这么久，见识一定很广。我出来不过短短几个月，感触也很多。这几个月，我到处跑生意，每经过一个城市，做完生意，就去拜访从前的老朋友和老同学。这些朋友的想法，和从前都大不相同，各种政治立场都有。我十分惭愧。这几年忙着做生意，很少想大问题。我这次到外面跑一趟，听到不少事情。我觉得许多事情，都值得写下来。例如许多人都对我提起‘保卫钓鱼岛运动’。这个运动，好像影响力很大，改变了许多人的想法。你们留在国外的朋友，实在应该把这些事情都写下来，绝不能听任这一段历史湮没啊。”

陈泽雄的话，句句都打入施平的心坎。他没有想到陈泽雄竟说出这一番话来。施平想了许久，说：

“老陈，你说得不错。我参加过‘保卫钓鱼岛运动’。我们亲身经历的许多事，也许值得写下来。但是一个人只能年轻一次。时间一旦过去，热血逐渐冷却，激情的心境就再难追寻。我还记得‘钓运’最高潮的时候，有人准备编‘保钓运动’全集，我曾捐过钱，后来也没有下文了。世界变得太快了。‘保钓运动’不过昙花一现，是大千世界一个小小的涟漪，又有什么再值得写的？反正事后看来，一切都不过如此。当然，在当时我绝不会这样想。记得钓鱼岛事件刚发生，在普林斯顿大学第一次聚会的时候，参加的不过几十个人。不到两个月，在纽约第一次抗日示威游行，参加的就有一千五百多人了。那种爱国的情绪，那种激昂的心境，不是身历其境，真无法体会。我参加‘钓运’的时候，真是觉得‘五四运动’又来临了，我们这一代的年轻人终于觉醒了。我在伯克利的同学，几乎没有一个人不卷入‘保卫钓鱼岛运动’……”

陈泽雄打断施平的话：

“施平兄，你也在伯克利的加州大学念过书？”

“对的。”

“那么你一定认识葛日新了？”

“怎么会不认得？我们是大学同学，在伯克利又同住过两年多，他睡上铺，我睡下铺。小葛我再熟不过了。”

陈泽雄显得非常兴奋。

“我的表妹王亚男和葛日新闹恋爱，要和她的丈夫离婚。这些事你一定知道？”

“我听说过。但是他们要好的时候，我已经离开加州了。”

“不过你和葛日新那么熟，他从前的事，你一定都很清楚了？他是怎么样的一个人？他是不是加州大学‘钓运’的领袖人物？”

陈泽雄一迭声追问着，倒使施平觉得很奇怪。

“想不到你对葛日新那么感兴趣。哦，我知道了，一定是因为你表妹的缘故。”

陈泽雄脸红了。

“并不是这样。我的舅父舅妈很担心表妹的婚姻破裂。他们想多知道葛日新的为人如何。我只是替他们打听。”

“当然。”施平说，“你想知道什么？”

“随便谈谈你和葛日新在加州大学念书时的事吧。讲讲‘保卫钓鱼岛运动’也好。我都想知道。”

“那真是几天也说不完了。”施平沉吟着，“我到伯克利加州大学念书，是一九六七年春天的事。时间过得真快，转眼已经七年多了！我和葛日新，差不多同时到加州大学。我早去一个学期。葛日新刚到伯克利，住的地方还是我替他找的。他嫌太贵，住了几星期就要搬家，怂恿我和他一起找公寓合住。我们还合买了一辆破车子，一直到我离开加州来纽约，我们才分手。”

施平讲到这里，停了下来。他拿起一小片冰糖，放在嘴里咀嚼着。施平望着窗外的雪景，学生时代的往事，又一幕幕浮现在眼前。

三

铜像耸立在墓园一角，铜像后是一片苍翠的树林。从小山俯瞰附近的田野，胡适纪念馆的屋脊隐约可见。葛日新站在铜像旁边，搂着铜像的肩膀，另一只手插在裤子口袋里。施平一面对准照相机镜头，一面喊：

“就是这个姿势，妙极了。葛放，立此存照一张，十年后你也可以写我的朋友胡适之如何如何。”

葛日新抽回搂住铜像的手臂，一跳跳到草地上。

“咪咪，小胡，你们也来照一张？”

咪咪坐在草地上，正在咬一块火腿三明治。胡伟康躺在地上，拿手臂遮住眼睛，嘴里喃喃不知念些什么。施平拾起野餐盒，将三明治递给葛日新。胡适墓园里四处都是青年学生，好动的就沿着小路往山顶跑，有的还背着背囊，准备翻山回六张犁。山脚下的球场，一群学生在打篮球，吆喝的声音，墓园里都听得到，几位穿绿制服的北一女学生围成一圈，叽叽喳喳讲个不停，不时传来一阵清脆的笑声。施平一面啃三明治，一面轻轻地踢躺在地上的胡伟康。

“小胡，怎么搞的？抑郁症又发作了？”

胡伟康一动也不动。咪咪说：

"不要理他。"

"刚才不是还好好的吗？怎么又不对劲了？"

"不理他，他自然就好了。"咪咪拿小手帕轻轻擦鼻尖的汗。"热死了。我们回台北去看电影吧。"

葛日新把三明治全塞进嘴里，含含糊糊地说。

"老远跑来一趟，我们还是去'中央研究院'里逛逛。我有一位学长，在史语所做事。我们可以去找他聊天。"

"是你的朋友，又不是我们的朋友。"咪咪说："我主张去看电影。要不要去看《红花侠》？"

"什么《红花侠》？"施平问："谁演的？"

"亚兰德伦嘛。你真孤陋寡闻。"

葛日新摇摇头。

"那个电影不成！我前天不幸被我做家教的学生拖去看。亚兰德伦现在胖了，没有从前潇洒。斗剑的时候，连跑也跑不动。"

葛日新模仿亚兰德伦斗剑笨拙的姿势，施平和咪咪笑得前仰后合。咪咪说：

"亚兰德伦斗剑的姿势哪里有这么难看？葛放最死相了。"

"不骗你，真的是这样。我好意警告你，免得你对你的偶像感到幻灭。"

"谈到幻灭，"施平说，"我在东南亚看了《罗马之春》。里面的费雯·丽真是太凄惨了，和从前判若两人。《乱世佳人》里她多么漂亮，现在老得不像话。导演还故意拍了许多近距离特写镜头，简直惨不忍睹。最后她把钥匙扔给一个守在楼下的男妓，我看到那一幕，真替她难过，太惨太惨了。”

“这才是好演员。”葛日新说：“她总不能一直演郝思嘉。像李丽华，那么大把年纪，在《故都春梦》里还要演少女，和关山演对手戏，那才叫人看了难过。”

咪咪突然拍手笑道：

“我想起一个电影了。我们去看《魂断太阳下》好不好？法国片，报上有一篇影评，评得非常好，说是极有哲学意味的好片子。”

“有哲学意味？”施平说，“小胡一定会感兴趣。喂，胡伟康，起来吧。”

胡伟康爬了起来，仍旧一副忧郁的表情。胡伟康有一张富忧郁气质的脸，时常流露出狂烈痛苦的神情，学校里不少女孩子因此暗地里迷上他。其实他的家境十分富裕，父母都在银行界工作，几位兄姐早已出国，剩下他一个幺儿。他家里有一座颇大的花园，胡伟康一个人住花园后面独栋的小屋，自己另有一扇门出入。施平、葛日新和咪咪都是哲学研究社的社员，胡伟康是社长。他们平常除了泡明星咖啡屋，办哲学讨论会，其余的时间，几乎都消磨在胡伟康的小屋里。胡家在五条通，离中山北路和南京东路都不远。胡伟康拥有一套音响效果绝佳的电唱机，还有两百多张原版古典唱片。每当他们争辩得疲倦了，就静下来，听听巴赫的曲子，或是史怀哲的风琴。到了用餐的时候，便可以看见胡家的漂亮女仆，自花园小径施施然走来，手里提着热气腾腾的日式木制菜盒。施平从来没有见到过胡伟康的父母，胡伟康也从未邀请哲学社的朋友到他真正的家里去。胡伟康老早就想搬出家门，自己独立生活。他的父母无论如何不肯答允。于是后来才有这样折中的安排，让他住在后花园园丁用的小屋里，一切都不干涉。对胡伟康来说，这或许已是颇大的让步。对于施平他们，倒未尝不是一桩幸运的事，因为从未谋面的胡伟康父母，并不忘记热心招待儿子的朋友。而胡家的菜肴，原是十分精致的。胡伟康的小屋，也自然而然成为他们哲学研究社的根据地。

“小胡，咪咪要看《魂断太阳下》，你呢？”

“我不想看电影。”胡伟康说，“我心里烦透了，你们去看。”

咪咪很不高兴地说：

“真是的，讲好来胡适公园郊游，快快乐乐玩一天，你又扫大家的兴。施平和葛放明天就去南部受训了，你何必这个样子嘛。”

“别人都去当兵，我呢？我真羡慕你们！”胡伟康又躺到草地上，拿手蒙住脸。施平这才明白胡伟康心情不愉快的原因，几乎忍不住要笑出来。葛日新说：

“小胡，平脚板又不是绝症，不要动不动就拿平脚板唬人好不好？你不必服兵役，别人也许羡慕都来不及，你有什么好难过的？”

“你懂得什么？”胡伟康猛然坐直身躯，“你不知道我有多么痛苦！我为什么不能和别人一样，过一个正常人的生活？我为什么要受尽折磨？你读过《约伯记》吗？”

“你有什么不正常的了？约伯和你又有什么关系？”葛日新笑道，“不要自己钻牛角尖好不好？”

“葛放说得不错。”咪咪也说，“你真是自寻烦恼。为什么不往好处想呢？”

“你们都不了解我！你们怎么会明白，对于我，存在本身就是最大的负担。我每一刻都不知道下一刻怎样活下去。做什么事情都没有用处，你们明白吗？做什么事情都没有用处！我们都被投入了这个世界……”

“又来了！”葛日新做个鬼脸，假装要塞住耳朵。施平知道葛日新最不耐烦听胡伟康谈他那套存在哲学。每次哲学讨论会，他们两个人必定抬杠。胡伟康讲他的萨特、海德格尔、雅斯贝尔斯，葛日新就谈罗素、怀海德、维特根斯坦、艾耶尔，两人每每吵成一团。但是他们吵归吵，彼此感情仍然很好，只是谁也别想说服对方。施平看葛日新和胡伟康又要吵起来，想到一个主意。

“你们不要吵。今天下午区一鸣在美新处讲演，讲题是《诸神的黄昏》，题目不坏。既然小胡不想看电影，我们就去听区一鸣谈电影如何？”

咪咪首先拍手赞成，胡伟康也不反对。两个小时以后，他们便都坐在美国新闻处的讲演厅里，和另外五六百位青年男女一起静静聆听区一鸣分析戈达尔、安东尼奥尼、费里尼诸大师的作品。区一鸣是个矮胖个子的中年人，穿着猩红色西装上身，笔挺的白长裤，蓄着长发，派头十足。他不一会就谈到主题，讲起嬉皮的反文化，细小的眼睛就尽可能睁大，闪烁出神秘的光彩。他好像掌握住宇宙最大的奥秘，以诱人的声音，述说迷幻药的神奇作用，欧普艺术的新颖设计，地下电影，地下小说，嬉皮的新男女关系，寒山诗和嬉皮文化……施平偷眼望去，台下的少女都听得如痴似狂。末了，区一鸣严肃地宣称，西方文化已经没落了。西方电影前卫诸大师所表现的，无一不是西方文化的败坏和腐朽。代之而起的将是嬉皮的反文化。而他区一鸣，自然就是中国嬉皮一代的代言人。

听完了区一鸣的讲演，施平随着听讲的人们走上南海路。回头一看，咪咪和胡伟康正在和葛日新热烈地争辩。胡伟康十分兴奋。苍白的脸上浮现出红晕。他坚持嬉皮文化就是存在哲学的具体实践。咪咪也说区一鸣讲得真好。葛日新却说：

"又来一个教主！每一个人出去转一趟，都好像得了什么归元秘籍，回来就可以开山立派似的。教主太多了，大家无所适从。谁知道区一鸣葫芦里卖的什么药？"

咪咪说："人家诚心诚意的来讲演，你不相信就算了，何必骂他卖膏药？"

"区一鸣是有一点虚伪好不好？"葛日新说，"我早就注意到他从来不错过任何和现代有关的节目。每次我去听现代音乐演奏，现代诗朗诵，或者看现代舞表演，都会在第一排看到区一鸣。不信你下次可以注意一下。每次到中场休息，你一定会看到他站起来，对着观众席东张西望，到处找相识的人握手，生怕别人没有注意到他。还有一位现代画家，和他志趣相同。每次到中场休息，就会看到他俩一前一后站起来，在舞台前作张望状，然后突然发现了对方，彼此郑重握手。我每次看到他们的场外表演，都觉得好笑。"

胡伟康连连摇头。

“这不能证明什么。这不能证明什么。”

“我没有要证明什么。我只是说区一鸣有点虚伪，自命为前卫导演，一天到晚骂中国电影这样不好，那样不对。我可以打赌，他自己如果真正导演片子，一定也不会比别人高明多少。”

“你错了。”咪咪说，“听说他在洛杉矶加州大学念电影，为硕士论文拍的纪录片，还得过什么奖呢。”

“什么奖？问题是什么奖？”葛日新毫不放松地说，“如果他说过他得到什么奖，应该讲出那个奖的来龙去脉。我念高中的时候，模拟考试考一百分，我们的导师也会给我们一个奖。区一鸣可能得到的是这种奖，对不对？”

“你未免太刻薄了。”胡伟康不以为然地说，“得奖就是得奖，何必这么斤斤计较？”

“我不是斤斤计较。许多哲学问题，都是语言上的误会。我们日常生活更充满了语言上的障碍。我们一听说区一鸣得到外国什么奖，自然就会崇拜他。可是说不定这是语言上没有搞清楚所弄出来的错觉。我们心目中的奖，至少该和奥斯卡金像奖差不多分量。可是他所说的奖，却可能是那个电影创作班给学生的习作优胜奖。这两个奖，相差有多远？”

“好了好了。”施平忍不住阻止他们的争辩，“葛放不喜欢小胡谈存在主义，你自己却大谈语言问题，分析哲学。我看你们一百年也辩不到一处来。”

胡伟康笑着说：

“不论辩不辩得到一处，真理都站在我这边。”

“什么是真理？”葛日新仍旧在追问：“是你个人认为正确的事？还是有客观依据的原则？你必须讲清楚，否则我不懂什么叫作真理站在你这边。”

葛日新和胡伟康继续争辩着。午后的太阳懒洋洋地照在施平身上，他觉得很舒适。他们在马路上逛了一阵，终于又踱进明星咖啡屋。明星里挤满和他们类似的青年。角落里坐着一位诗人模样的年轻人，夸张地将稿纸扔了一地。他们啜饮着不加糖和牛奶的黑咖啡。胡伟康的痛苦症又发作了，一言不发猛吸着香烟，扯拉着厚厚的黑发，引得隔座几位中学女生频频注视。然后咪咪宣称她有了新的灵感。她念头几句给大家听。“长长的开了一街的木棉花，开得那么傻。二月三月和四月走得很快。风一停，夏天就来了。”

“不错，”施平说，“很像《地粮》里的句子。”

“你这是损我还是捧我？”

“当然是捧你，像纪德还不好吗？”

咪咪闪动着大大的眼睛，微微一笑。施平记得有一次大家到阳明山玩，两天两夜没有回家，咪咪回去时终于被她父亲逮住了，狠狠骂了她一顿。咪咪解释说她参加哲学研究社，研究人生问题，并不是去什么坏地方。她父亲气哼哼地说：“小小年纪，你懂得什么是人生！”想不到咪咪毫不示弱地回敬了一句，“你又懂得什么是人生？”

这个故事为大家传诵着，都称赞咪咪回答得巧。咪咪是个很聪慧的女孩子，长得十分清秀，很会讲话，也能写些新诗散文。她的父亲在一家晚报担任编辑。那家晚报的少女心声专栏就是咪咪的杰作，现在咪咪却说她不屑再写了。她参加哲学研究社，大家都知道是为了胡伟康。倒追胡伟康的女孩子不少。农学院的四小名旦，据说都对胡伟康有意思。但是能像咪咪这样直追到哲学社里来的，只有她一个。胡伟康常在校刊上写些富有存在意味的评论，咪咪就发表几篇充满虚无精神的新诗。久而久之，人们都公认他俩是中国的萨特和西蒙娜·波伏娃，还有不少文艺青年非常羡慕他俩呢。

咪咪嫌明星人太多，他们就回到五条通胡伟康的小屋。大家高谈着世界的荒谬，人性的自由和自身的失落。胡伟康扯着一头厚厚的黑发，大声狂呼。“我们有什么理由快乐？我们被投入了这个世界，一切都是荒谬的！我们都失落了！”于是大家猛吸着香烟，遂致小屋里弥漫着一层浓厚的烟气。但是等到胡家的漂亮女仆自花园小径施施然，走路提来香喷喷的饭菜时，大家又愉快地狼吞虎咽，把存在的荒谬忘记得一干二净了。

快到一点钟，他们才离开胡伟康的小屋。施平和葛日新送咪咪回家。咪咪家的大门已经上锁了。咪咪不愿意叫门，施平就踏在葛日新的肩膀上，翻过围墙，把大门打开。咪咪轻声说谢谢，灵巧地闪进门去，一会又探出头来。

“明天我不到火车站送你们了。一路顺风啊。”

“我们一结训就回来看你。再见。”

“再见。”

施平本来打算叫一辆计程车回学校宿舍。葛日新说不用了，反正睡不着，不如慢慢走回学校。两人沿着罗斯福路边走边聊，施平不觉叹了口气，葛日新说：

“有什么心事？”

“没什么。”

“还没有走，就开始想念咪咪了？”

“你怎么知道？”

“我又不是傻瓜。”葛日新笑了。“看你那个失魂落魄的样子。为什么不干脆对她表白？”

“她是胡伟康的女朋友，我怎能这么做？”施平苦恼地说，“小胡还要钻牛角尖，担心他的平脚板。他真不知道他有多幸福。”

“小胡根本对咪咪没有兴趣。他条件太好，喜欢他的女孩子太多，比较起来，咪咪还算是最平凡的一位。对不起，我并不是有意批评咪咪。”

“没有关系。”施平说，“但是咪咪心里只有小胡。你叫我怎么办？我怎么能对咪咪表明呢？”

“为什么不试试？看你平常蛮有决断力的，碰到这种事情，怎么这样软弱？”

“葛放，你从来没有谈过恋爱，你知道什么？”施平又叹口气，“反正明天就入伍，一切都来不及了，这样也好，大家都留下一个美丽的回忆。”

“窝囊。”葛日新在黑暗中笑着，“你在为咪咪痛苦，小胡却在为他的平脚板痛苦，家家有本难念的经。你知道小胡为什么想当兵？他最崇拜的萨特想当年是法国地下军的领袖，也曾经出生入死过。小胡没有机会面对死亡，大概是他这辈子最遗憾的事。”

“他可以报名参加救国军。葛放，如果你有机会参加救国军，你会不会去？”

“当然。”葛日新毫不犹疑地说，“假如我抽签抽到金马前线，我不会像老钟那样，托人找关系换到后方。我绝不逃避自己的责任。”

“我倒希望能够像你这样勇敢！”

“这和勇敢没有关系。勇敢是语意学上的误会。真正勇敢的人，都是怕死的……”

葛日新滔滔不绝地说下去，施平心里却在想着咪咪那双灵活的大眼睛。一直到看见学校门口的两排高耸的棕榈树，他心情才略为平静下来。

四

施平和葛日新服兵役都在南部，施平在屏东，葛日新在凤山。他们约好了，放假的时候就一起回台北来找咪咪和胡伟康。咪咪看到他们，不住笑施平晒成了黑炭团。葛日新本来皮肤就黑，军中生活并没有使他改变多少，腋下仍随时夹着一本《通往奴役之路》。比较起来，胡伟康显得更加苍白。胡伟康到一所教会大学的哲学研究所担任助教，据他说无聊极了。虽然也有一位神父研究存在主义，却和胡伟康格格不入，一个讲有神论，一个讲无神论，几乎势同水火。胡伟康说去那所教会大学当助教是一大错误，非常后悔。施平和葛日新去学校看他，却发现胡伟康的研究室是全校漂亮女生经常出入的地方。葛日新想出一个新理论，说小胡的忧郁程度和女孩子的密度成正比。施平把这理论告诉咪咪，引得咪咪笑了许久。咪咪对胡伟康受到女孩子包围，似乎不以为意。施平实在猜不透咪咪的心理，不明白她真以西蒙·波伏娃自居，还是欲擒故纵。不论如何，为了见到咪咪，施平尽可能经常回台北。葛日新的家在高雄，他放假喜欢跑台北，倒不是为了追女孩子，而是去见他最钦佩的应教授，也常拉施平一起去，应教授身材瘦小，施平和葛日新认识应教授时，他已是满头白发，胃病经常发作，身体十分虚弱。但是在讨论哲学问题的场合，他却仍显得浑身是劲，遇到他认为不满意的地方，就像弹簧似的跳起来，毫不留情地指出对方的错误。葛日新对任何人都不服气，唯独对应教授佩服得五体投地，甚至连讲话的神气也不自觉地模仿应教授，讲到不满意的事情，就会挥舞着拳头说：“都是拼命往自己脸上搽粉的行为！”施平每每笑葛日新一天到晚讲打倒权威，自己却一样崇拜偶像。葛日新说：“老应和别人不同。这个人有骨头，敢讲真心话，绝不妥协。这样的人我才佩服，别人批评他学问不好，学问好有什么用处？一样可以变成汪精卫！”他们每次放假回来，只要有机会，一定去参加应教授和他的学生主持的讨论会。但是不久应教授辞去教职的消息传开来，应教授也不再出席讨论会了。讨论会缺少了应教授，似乎就丧失了重心。应教授的得意大弟子金理文出国了，讨论会又少了一个能言善道的台柱。虽然还有另一个得意弟子周裕民勉强支撑场面，施平和葛日新私下讨论，总觉得讨论会在走下坡，参加的人也越来越少。葛日新提起来就气愤不平。

“本来是很好的讨论会，就这样垮掉了。我们不幸生得晚，没有见过北大是什么样子，只有这讨论会似乎还保存着一点北大的学风。想不到也不能继续存在下去。”

应教授离开学校后，葛日新仍然经常去看他。施平比较谨慎，后来就不再跟葛日新一起去。服役的最后几个月，施平较少回台北，忙着准备功课。有一天，葛日新突然跑来屏东找他，脸色阴沉得怕人。施平问他怎么回事。

“没什么。”葛日新欲言又止，看施平桌上的一大堆英文书，带着讥讽的口气说："难怪好久没有你的消息，原来躲在这里念书，申请到学校没有？"

"和你一样，打算去加州大学。你不是也拿到加州大学的奖学金了吗？"

"我改变主意，不出去了。"

施平晓得葛日新的牛脾气，也不再问他，过了一会，葛日新突然一拳敲在桌子上，吓了施平一跳。

"到底怎么了？"

"老应得胃癌住院，我看他多半没希望了。上星期天我回台北去医院看他，他还跟我谈哲学。想想看,人病到这个地步，他还关心哲学，关心中国的未来，我那时真惭愧得想哭。除了几个学生，没有人去看他，这样一个人，就这样毁了。"

葛日新又说：

"有时候我真觉得气闷，闷得简直透不过气。我不知道自己该做什么才好。"

"气闷，还是出去看看，至少看看外面的世界是什么样子。"

"我知道，可是就这样当了逃兵，又心有未甘。"

"你能做什么？你想做什么？"

"我不知道。不过我相信我绝不会随波逐流一辈子。"

葛日新抚摸着肩上的一条金杠，说：

"我们不是逃兵。老应才是我们的榜样。有时我想，像他那样，即使世界上没有一个人同情他，他也死得其所。至少他能一直坚持到底。"

但是暑假过完，他们毕竟还是走了，胡伟康仍旧留在教会学校当助教，他说打算念完研究所再决定是否出去。施平知道胡伟康家里不愿他离开，胡伟康自己似乎也无所谓，没有为这事再闹家庭革命。咪咪为了他也决定暂时留下来。但是施平和葛日新到达伯克利没有多久，施平就接到咪咪的信，说她准备去洛杉矶。施平猜不出她和胡伟康之间是否已达到谈论婚嫁的地步，但是她要出来，他仍不禁暗暗高兴，立刻就写了一封信给咪咪，劝她早些动身，先来伯克利住几天，看看这边美国学生反战运动的盛况……

五

办公大楼前的广场挤满了学生，大楼入口处的台阶也坐满了人。广场临时搭起的讲台上站着一个高大的青年，戴着墨镜，金发披肩，拿着一具手提扩音器。讲台横贴的纸条写着“我们要和平！”的英文字句。金发青年高高举起右手，做出V字的手势。广场上的青年学生，也都举起右手，做出V字的手势。

“我们要和平！”金发青年通过扩音器吼着。

“和平！”群众回应道。

“我们要爱！”金发青年喊。

“爱！”群众跟着喊。

“和平！”金发青年喊。

“和平！”群众喊。

“爱！”金发青年喊。

“爱！”群众喊。

广场的中央突然起了一阵骚动。有几个学生在地上点燃了一堆废纸，火苗迅速上升。一个学生撕碎一张征兵卡，扔进火堆里，旁观的学生都鼓掌。另两个学生也掏出征兵卡，扔进火堆。学生又开始鼓噪，一遍又一遍的喊。“我们要和平！我们要和平！”

施平和葛日新远远站在学生活动中心门前，观看广场上美国学生反对越战的集会。葛日新指给施平看刚爬上讲台的一位美国青年。

“看！那就是萨维欧。”

“萨维欧是谁？”

“他是学生组织的领袖，口才好极了，你等会就知道。”

群众果然又开始一遍又一遍地喊：“萨维欧！萨维欧！萨维欧！”萨维欧举起双臂，广场上的人都安静下来。

“兄弟姐妹们。今天我们在这里聚会。下个星期，我们就要去华盛顿，我希望你们每一个人都能去。为什么我们必须去华盛顿？因为在同一天，来自全国每一个地方的兄弟姐妹，都要到华盛顿去。这是学生运动几年来最大的一次反战示威游行。我们要告诉我们的总统，我们要告诉我们的国会，我们不要战争！我们要告诉他们，这个国家的年轻人心里真正的想法……”

萨维欧正在演讲的时候，广场的一角又起了骚动。一队全副武装的镇暴警察从电报街走进校园，立刻和学生起了冲突。学生们手拉着手，坐了下来，挡住警察的去路。全场一片嘘声，有人在大喊：“猪猡，滚出去！”警察无法前进，犹疑了一会，终于又退回附近街上。广场上响起一片欢呼声，盖住了萨维欧的演讲，施平兴奋得不住拍手。

“精彩！精彩！简直跟电影上一模一样。”

萨维欧的演讲完了，学生们又开始呼口号。施平以为警察会再设法进入校园，但是今天警察显然奉命不再干涉学生的集会。

不一会，广场上竟然落起雨来，广场中心燃烧的纸堆被打熄了，冒起一股灰烟。广场上的人却并没有走散，纷纷撑起雨伞。这时另外一位女学生走上讲台。葛日新告诉施平，她是民主社会学生会，所谓SDS的负责人之一。她举起手提扩音器，一开口便掌握住会场听众的心理。

“兄弟姐妹们，虽然现在正在下雨，虽然我看不见雨伞后面你们的脸，可是我知道你们的脸是那么美丽，那么圣洁。我爱你们，我爱你们每一个人。每一个人都是美丽的，生命本身就是美丽的。世界上还有什么比生命更美好的呢？”

“可是，几千里以外，我们的军队正在屠杀无辜的越南人民。他们和我们一样是人，他们一样有美丽的灵魂，为什么我们不能让他们活下去呢？为什么我们要剥夺他们生存的权利？”

“我记得上个月，电视有一次播放出有关越战的新闻，我们的直升机拿大网吊起一网网越共的尸体，事后据说有许多父母打电话去质问电视公司，为什么播出不宜孩童观看的镜头。兄弟姐妹们，难道这就是我们的道德标准吗？我们不容许孩子们看残忍的镜头，却容许我们的军队进行残酷的屠杀。这就是我们美国人的道德？这就是我们美国人的正义感？不是的！我亲爱的兄弟姐妹，我们一定要阻止这场不义的战争！”

女学生的演讲，激起一阵阵掌声。但是雨越下越大，等到另外一位学生领袖讲完，广场上的学生没有再引起其他事端，人们就纷纷避雨散开了。在一旁观看的葛日新和施平，也走进学生活动中心。施平要了一杯橘子水，葛日新拿了一包炸马铃薯条，两人找了一个地方坐下。施平拍着大腿，哎呀叫了一声：

“可惜我今天忘记带照相机来。我们应该照几张相片，寄回台湾去给朋友看。”

“施平，难道你看到美国学生游行示威，只想到拍几张相片而已？”

施平怔了一下，说：

“这是他们的国家。他们不愿意在外面打仗，要搞示威游行，是他们的事情。我们……”

“我们又如何？”葛日新突然情绪激动起来，吓了施平一跳。“施平，我们又如何？我们从小到大，只晓得死读书。从幼儿园入学就开始考试。考小学，考中学，考大学，考留学，就这么鲤鱼跳龙门似的，一关一关地跳，把锐气都磨光了。可是我们做了什么？即使自己拿了博士学位，光宗耀祖，对国家社会又有什么贡献？我们就这样一步一步，走入了升学留学的死路。我们没有自己的路，一切都被别人安排好了。为什么我们不能创造自己的命运？为什么我们不能像美国学生一样，不愿意做的事，就大胆地说不愿意？”

“国情不同，我们又不是美国人。”施平说，“再说，又没有人逼你出国。是你自己要出国的。对不对？”

“不能这么说。不过出来一趟也好。我在大学里，你也晓得，很少阅读中国书，被语言学和形式逻辑学弄昏了头脑。出来这半年，我读的中国书，比大学四年还要多！前天我从远东图书馆借到一本书，是一九一〇年代编的。全中国各地，几百位中国青年，选定了那一天，记下那一天他们心中的想法。你知道他们想的是什么？不是个人的前途，更不是升学留学。无论是军校的学生，还是甘肃一个小镇的小学教员，北平的送报童，他们都只有一个念头，如何救中国，如何抵抗日本的侵略！我读了以后，眼泪都掉下来。他们那一代活得多么有意义！比较起来，我们实在太惭愧了。”

施平没有话讲。他对美国学生的学生运动，也不能说完全无动于衷。他刚来的时候，对美国学生的种种活动，简直惊奇得不得了。他只知道美国学生里有许多激进分子，却没有想到他们敢这样搞，公然在校园里烧毁征兵卡。但施平总觉得那是人家的事情。他念的是文学，功课的压力很重，没有心情管别的闲事。葛日新的态度却比较积极，看到美国学生的种种活动，总要拿中国学生来比较，就会生上老半天闷气。

“施平，”葛日新又说，“你想想看，我们在台北那段日子，简直像一场春梦。胡伟康那栋小屋、明星咖啡屋、我们那些哲学讨论会……都是些不切实际的幻想。我有时回想起来，觉得我们实在应该感到羞耻，竟会过着那种生活！我们有什么权利这样享乐？就因为我们是大学生？就因为我们跨过了升学的窄门？”

“但是那时候我们也很快乐好不好？年轻人总可以做梦。”

“现在我们都该醒醒了。施平，我建议你也去读读那本书，包管你羞愧得无地自容。施平，难道我们这一代心都死了吗？难道我们什么也不能做，只能安心在外国流浪一辈子？我不相信！只要给我们一个机会，我们一定可以证明，我们这一代的青年并不是冷血动物。”

“我绝对相信你不是冷血动物。”施平说，“我们将来总会找到自己的路。”

葛日新对施平的答复显然不满意，却似乎也想不出什么话讲。学生活动中心里的人越来越多，参加广场上集会的学生，好像都涌进了活动中心。施平一眼瞥见人堆里一个穿红色裙子的中国女孩，连忙推推葛日新。

“葛放，那位就是我上次告诉你的那个女孩子。”

“谁？”

“王小玲。就是那个穿红裙子的。她是桃花江最出色的一位。她曾经是丙组状元，现在念生化系，蛮有点气质。”

“对，她长得有点像咪咪，难怪你会喜欢。”葛日新正说时，施平已经站起来对红裙女孩打招呼。女孩也看到了他们，微笑着挥挥手，端了一杯可乐走过来。

“你们有没有看到刚才的集会？好热闹啊。”

“当然看了。”施平招呼着王小玲坐下，“这位是葛日新，我的同屋。”

“你就是葛日新啊？”王小玲用手抚着长发，笑着说，“他们都唤你葛匪日新，是不是？”

“好事不出门，坏事传千里。”葛日新冷冷地说，“我上次在同学会上不过随便说了几句话，居然就变成匪类了！”

王小玲眨眨眼睛，低下头喝可乐。施平连忙踢了葛日新一脚说：

“我们都叫他葛放，就是因为他喜欢大放厥词。其实他的本性十分善良。对不对，葛放？”

“当然。我看到花开月落，老鸟衔食，猫吃老鼠，都会怆然泪下。每次看琼瑶电影，都要哭湿两条手帕，真是善良极了。”

王小玲被葛日新逗得笑了起来，施平暗自松了口气。他晓得葛日新的脾气。葛日新情绪好的时候，妙语如珠不说，而且最爱耍宝。他长相又有点滑稽，露着两颗大门牙，耍起宝来，谁都会被他逗笑。但是碰到葛日新心情欠佳的时候，他就一个劲儿和人抬杠，有时还总是不客气地教训对方，也不管对方是女孩子还是男孩子，常常弄得别人下不了台，结果不欢而散。施平每次遇到有女孩子的场合，就要紧张一阵，生怕葛日新无缘无故开罪人。葛日新今天总算合作，施平踢了他一脚以后，他就立刻表现出他性格里轻松愉快的一面。

“王小姐也住在桃花江？”

“什么桃花江？”王小玲有点莫名其妙，看看施平，“我住在桃花江？”

施平正要解释，葛日新抢着说：

“你们那个女生公寓，大名鼎鼎，伯克利谁人不知，哪个不晓？方圆百里，就是那一块好地方。”葛日新又模仿着女声，尖声唱着“桃花江”那首歌，“桃花江……桃花江……桃花江是美人窝，咪梭都拉梭，咪梭都拉梭，下面不会唱了。”

“要死了，什么美人窝，真难听。”王小玲笑骂着，显然很高兴，“我才搬进去，并不晓得我们住的公寓那么出名。是哪一个缺德鬼想出来的名字？”

“口口相传，人言为信。”葛日新说，“神话故事都是没有作者的。你要问桃花江的出处，恐怕要追溯到留学生的上古史了。不过你如果真想知道，可以问一个人。”

“问谁？”

“那个人远在天边，近在眼前，就是在下。”葛日新站起来一鞠躬，“话说当年天塌西北，地陷东南。这东南有座武陵山，山里有个桃花源，里头住着百来户人家，从来不和外界来往，安分守己过日子。不知过了几世几劫，到了晋朝的时候，有一个陶渊明不知从哪里听到桃花源，写了一篇《桃花源记》。桃花源从此多事，每代自命风雅的人士，都要寻他一寻桃花源。小说家想到桃花源找寻灵感，宗教家想到桃花源传教，记者想到桃花源采访独家新闻。桃花源里的人不胜其扰，就把洞口封闭了，让人们再也找不到桃花源。这样又不知过了几世几劫，桃花源里的人突然都得了一种怪病，一时人心惶惶，仿佛世外桃源的末日已经到临。”

葛日新说到这里不说了。王小玲边听边笑，追着问葛日新说：

“你真会胡编故事。后来呢？”

“既然说我胡诌，后来就没有下文了。”

“真讨厌。不要故意捉弄人好不好？”

“要我讲完故事可以，总要有一些代价。”葛日新说，“听说你们桃花江的住户不仅个个美若天仙，而且手艺极好。去光顾过的人，都赞不绝口。”

“好嘛好嘛，这星期六请你们过来吃饭，这总该可以了吧？”

“谢了，小生这厢有礼。”葛日新又站起来一鞠躬，“说到哪里去了？对，桃花源里的人都得了一种怪病。男士倒还无所谓，女士对这怪病，却不免耿耿于怀。大家商量的结果，一致决议，为了医治这怪病，必须派人出山，到外地去留学医治这个怪病的法子。因为桃花源里男丁有限，而且男子对这个怪病，并不太在乎，所以推来推去，推出了七位女孩子，出山遍访名医留学医道，史称七仙女的就是。这七位女孩子走遍白山黑水，历尽千辛万苦，也就不必细表。后来她们终于找到一种白色的药粉，能够医治怪病，就欢天喜地地回来。桃花源的男女老幼，因此都得救了。桃花源的人为了纪念这七位勇敢的女性，就在桃花江的上游盖了一座七仙女庙，到今天还香火不绝。由于有这个典故，所以后世称女留学生聚居的地方，就叫作桃花江。和钟情主演的那部电影，其实没有关系。”

葛日新说完，王小玲似乎还意犹未尽的样子。

“究竟是什么怪病嘛？”

“你信不信教？”

“这和我信教不信教有什么关系？”

“大有关系。你信不信教？”

“我们全家都信基督教。”

“那好极了。”葛日新笑着说，“治怪病的药，就在你们主耶稣说过的一句话里面。”

王小玲想了半天说：

“是不是大麻疯？”

“患了大麻疯那还有救？再猜猜看。”

“我实在猜不出来。”

“主耶稣不是说过吗？要信徒做世上的盐。桃花源里没有盐，所以人人都得了甲状腺肥肿症，颈子越来越粗，难看极了，真是要命的怪病。”

施平和王小玲不由得都笑了起来。王小玲眼珠一转说：

“好，你敢讽刺中国女孩子颈子粗，周末不请你了。”

“不敢不敢。”葛日新说，“我这个故事只是一个引子，既然引出了一顿饭局，已经达到目的，哪里还敢讽刺人呢？”

王小玲又笑了一阵。施平半天没有机会插嘴，连忙杂七杂八讲了一些学校里的事情。王小玲说她要去图书馆念书，喝完可乐就走了，临走还叮嘱施平和葛日新周末早些来玩。葛日新望着王小玲的背影说：

“这个女孩子还不错，不比咪咪差。”

施平不自觉点点头，但是听到葛日新这么说，心里又不免有点那个。他故意说：

“葛放，你对她有没有兴趣？”

“算了吧，”葛日新说，“她也是典型的不知民间疾苦的大小姐。大家聊聊天热闹一下可以，认真交朋友，就是另一回事了。”

“她不是普通的女孩子。你如果跟她谈文学，谈艺术，就可知道她很有气质，懂得的东西很多。”

“你们这些搞文学的，开口性灵，闭口气质。这都是关在象牙塔里的知识分子想出来的骗人东西。”葛日新说着又严肃起来，手一挥说：“外面的世界那么大，那么多事情正在发生，不睁开眼来看看世界，气质再好有什么用？”

施平听葛日新的口气，知道他对王小玲没有兴趣，心中放下一块石头，倒又觉得对葛日新有些过意不去。葛日新似乎完全没有察觉，叹了口气站起来。

“热闹看完，玩笑也开够了，回家吧。”

校园里的人这时已完全散尽了，雨淋湿的广场上一片纸屑、空纸杯、烟蒂，几只鸽子在广场上跳来跳去，校园显得分外冷清。回家的路上，葛日新垂头丧气，施平知道他又在闹情绪，也不去理会他。有时候他觉得葛日新的脾气和胡伟康很相像，他常将两人做个比较。胡伟康的家境很好，从未吃过苦。葛日新的父亲却是小公务员，一路读书都是靠自己努力。也许这影响了他们对事情的看法。两人都有一份执着，一份狂热，情绪也都变化无常。胡伟康长得很帅，永远有女孩子自动来接近他。胡伟康的忧郁症是出了名的，这反而博得女孩子的好感。相形之下，葛日新外形差多了。也许这就是为什么他总选择扮演丑角的原因。但是施平知道葛日新即使在胡闹，心里面仍旧清清楚楚，并不糊涂。

施平和葛日新住在学校南面靠近墨西哥人区的一栋旧房子里，离学校有十几条巷子。平常他们骑自行车上学，兴致好时也步行到学校。今天他们没有骑车，雨后反而有点闷热，两人走得一身是汗。葛日新一回家便去冲凉。施平检查信箱，却意外发现一封字迹娟秀的信。他拆开信，一边读，一边兴奋起来。他大声对澡房里的葛日新喊道：

“葛放，胡伟康也来加州了！”

“什么？”葛日新关掉水龙头，从澡房里探出头来，“你说谁来了？”

“小胡。咪咪来信说，胡伟康已经到了洛杉矶。”

“这个小子！居然不先到伯克利看我们，也不写信来。他怎么样？”

“要不要我念一段给你听？”施平略去前面的一段，念道：“小胡终于来了。他来得正好，刚刚赶上学校开学。上个周末，我们还在他姐姐家聚餐。他姐姐全家出去度假了，我们闹得天翻地覆，还在家里开舞会，真乐！简直就跟那次我们去阳明山学校招待所一样，还记得吧？我真希望你和葛放也在这里。”

“叫他们上来玩，叫他们上来玩。”葛日新在澡房里喊道，“这几个宝贝还是那么腐败，一点没有变！”

“别急，听下一段。”施平继续念：“闹了一个通宵，第二天早上，他姐姐快回家了，我们才忙着收拾。小胡站在我身旁，我们一起洗碗。我有一种好奇怪的感觉。我从来没有看过小胡洗碗。想不到他也能洗碗，我们真的长大了……”

葛日新不知什么时候，已经出了澡房。他拿毛巾擦着头发，听到最后一句，放声大笑。

“洗个碗就算长大了？不过小胡能够洗碗也算不容易。在台湾连碗都没有洗过的哲学家，出来也要动手洗碗。我敢打赌白先勇写《谪仙记》，就是在描述这种心境。公子落难，贬入凡尘，我的天！”

“不要笑。你在台湾，还不是一样很多事情都没有动手做过？”

“至少碗总洗过。咪咪信上还写些什么？”

“他们放假会上来玩，问我们能不能找个地方给他们住。”

“那还有问题？我们把房间清理清理，借几个睡袋，来一连人也住得下。”

葛日新吹着口哨，穿上长裤。施平拿起笔，正想给咪咪写封回信，葛日新推推他肩膀说：

“施平，先别忙着写信，有件事跟你谈一下。我和几个朋友想组织一个研究社，你有没有兴趣加入？”

“又要搞哲学研究社？你的劲儿真大。”

“不是哲学研究社。”葛日新认真地说，“我们想组织一个近代史研究社。我越读远东图书馆里的书，越觉得我们不知道的事情实在太多了。身为中国人，却不了解中国的历史，实在是很可耻的事。所以我们想组织一个近代史研究社，各自选一个题目，轮流来讲各人的读书心得。”

“有谁参加？”

“高强、秦立民、宋子佳和我，你都认得的。”

施平考虑了一下，说：

“好吧，不过我比不得你们读理工的，我的功课压力太大了。”

“我还不是一样？但是认识我们自己，比别的一切都重要。我们一两个星期才聚会一次，你也来好吧？还想请你讲五四以来中国的新文学。”

“只要你们把我主讲的一次排在最后，应该没有问题。”

窗上突然闪出一片金光。太阳又出来了。施平望着窗外，路上蒸发出一层水汽，路面仿佛镀了一层金。真美极了，施平想。他想到咪咪和胡伟康不久就会上来，和他们共享加州雨后的黄昏，不由得就高兴得想笑。老朋友都来了，葛日新又在搞研究社，一切都和在台北时一样。真好，一切都和以前一样。

六

咪咪和胡伟康来的时候，已是四月。施平和葛日新带他们到旧金山到处游玩。金山大桥、渔人码头、金山公园都走遍了，最后少不得到海特街和艾希伯雷街一带的嬉皮区。他们站在嬉皮区的街头。咪咪好奇地睁大了眼睛，四处张望。穿着破旧衣裳，颈上挂着花圈，长发披肩的青年男女在街头徜徉。这边街口有几个人围着弹吉他的青年鼓琴而歌，一个赤足的少女随着歌声婆娑起舞。那边传来阵阵异香，里面满满一屋盘膝而坐、嘴里念念有词的长袍男女。另一条街的街口，一个穿破旧军装的胡须汉，手提花篮一本正经地分给过路的人每人一朵雏菊。到处都是鲜花，到处都是五彩缤纷的迷幻图案。咪咪惊叹着说：

“这里真好！我就是向往这种无拘无束的生活。他们真太快乐了。真像桃花源里的世界。”

“且慢高兴。”葛日新手一指说，“桃花源里有这个吗？”

大家顺着葛日新手指的方向望去，两个警察按住一个手铐铐住的青年，正在搜索他的全身。旁观的男女有高声叫骂的，也有撮唇而嘘的。咪咪说：

“他怎么了？”

"大概是卖'草'的家伙。"施平说，"这种事情常常发生的。不久以前，大名鼎鼎的芭蕾舞星纽里耶夫和玛歌芳登来旧金山表演，也在嬉皮区被警察逮住，罪名是吸毒，但立刻就释放了。当局还努力为他俩洗刷呢。"

葛日新耸耸肩说：

"这就是美国式的民主。你有办法，作奸犯科都没关系。你没办法，只有锒铛入狱。"

"葛放怎么了？越来越偏激嘛。"咪咪笑着说："新左派的术语，你好像都学全了。真是士别三日，刮目相看。"

"你们还不知道呢。"施平说，"这里的同学都叫葛放作葛匪日新，可见他的怪论不少。"

葛日新哼了一声。施平看胡伟康在一旁无精打采的样子，忍不住想逗他开口。

"小胡，旧金山还不错吧？"

"还好。"胡伟康似乎连话也懒得讲。他的头发剪得短短的，穿了一件宽大的夹克，显得特别清癯。也许是发型和穿着的缘故，施平觉得胡伟康似乎没有在台北时潇洒。胡伟康眉宇间忧郁的神色依旧，但是总似乎有点不对劲。他和咪咪来了两天，施平还没有听到胡伟康大声笑过，连咪咪昨晚谈起胡伟康在洛杉矶的一些趣事时，他也只是在旁边默默地听着，仿佛讲的不是他的事情。咪咪讲起胡伟康有一天到学校图书馆去念书，回来太晚，找不到东西吃，只好拿一整罐的维生素丸当糖果嚼。半夜腹痛如绞，打电话到姐夫家求援，急得姐姐连夜开车赶到宿舍，送他到医院灌肠。大家听了都笑胡伟康吃错了药。胡伟康附和着笑笑，却显然并不怎么特别愉快。本来准备谈个通宵的，大家因此兴趣大减，不到两点就睡了。今天胡伟康又是死气沉沉的样子。施平说：

“小胡，这就是你从前讲过的，存在主义的具体实践啊。你不是对嬉皮文化最感兴趣的吗？记不记得我们那一次去听区一鸣的讲演，你还说过有为者亦当若是？”

“提区一鸣做什么？”胡伟康说：“那时我什么也不懂，被他唬住了。”

施平没有料到胡伟康竟然一口否定从前的看法。施平突然想出他觉得胡伟康不对劲的原因。胡伟康再没有扯拉着头发，高喊虚无和失落，也没有闭上眼睛，做痛苦不堪状。施平印象里的胡伟康，仍然是坐在台北后花园的小屋里，听古典音乐，喝喝女仆送来的黑咖啡的胡伟康。但是眼前的胡伟康，却是另外一个胡伟康，是洗过碟子也打过工，吃过苦头的胡伟康。施平想起咪咪的信，就明白咪咪看胡伟康洗碗，为什么会有一种好奇怪的感觉。

那天下午，葛日新带胡伟康去参观他的实验室。咪咪不愿去，施平就陪咪咪留在家里。施平忍不住对咪咪说，胡伟康变了很多。施平不知道自己为什么会对咪咪提起胡伟康，咪咪倒并不惊奇。

“小胡还不太能适应美国的环境，”咪咪说，“也许他根本不应该出来。他不应该离开他母亲。虽然他姐姐也在洛杉矶，可是，你知道，离开家，一切都不一样。”

“我们总要离开家的。”施平说，不自觉引用葛日新的话。

“我们不能再做梦，都该醒醒了。小胡一直这样闹情绪？”

咪咪似笑非笑地望着他。

“其实也不是闹情绪，他有点不知道该怎么办好。他还一心想念哲学，可是在这里念哲学好难！小胡说他的学校没有人搞存在哲学，要念就得念逻辑学，或者是分析哲学。这两样他都不喜欢，念得苦死了。你们这边怎么样？”

“我不太清楚。这里数学系很强，哲学系里搞逻辑的人大概也不少。跟美国人比，我们念文科的都很吃亏，语言上障碍大，表达能力远不如人家。”

“可是你不是也念下来了？”

“还不知道念不念得出来。”施平叹口气，“比较文学的博士真不是人念的。只说精通五国语言这一关，就难倒不少外国学生。我们还必须念希腊文！”

“所以我不想再念文学了。”咪咪说，“我在选一些统计学方面的课，打算再修电脑程式设计。信不信由你，我还蛮喜欢数学的，念起来并不太吃力。”

“这里也有统计系。你干脆转学过来这边如何？”施平说完又有些后悔。他不该提转学的事，这样岂不是成了有意拆散咪咪和胡伟康？幸亏咪咪摇摇头。

“转学太辛苦，又要从头来起。我在那边有把握可以很快念完硕士。拿到硕士，就可以申请永久居留权了。”

“申请永久居留权干什么？”

“为什么不申请永久居留权？”咪咪说，“在人家的国家，有了居留权，找事方便不少。并不是我们在乎这个，主要还是图个方便。你和葛放都不准备申请居留权？”

施平连连摇头。他知道葛日新绝不肯申请美国的永久居留权。他自己呢？也许是受了葛日新的影响，从来没有考虑过这个问题。他总觉得不久就要回国，在这个地方只是作客，因此不愿意做长远的打算。在他们住处附近有个超级市场，如果申请一张购物卡，买东西可以打九折。施平却连这个也不愿去申请。他不愿有一丝一毫的安定生根的感觉。他每天都要提醒自己，这不是自己的国家，他不能忘记来这里只是为了求学，别的都不必想。他把这种想法告诉咪咪，咪咪却大不以为然。

“你刚才还说不要做梦，怎么立刻自打嘴巴？申请居留权，又不表示我们放弃中国籍，这只是为了方便，我们一样还是中国人。”

施平觉得咪咪讲的也有些道理。葛日新和胡伟康不久就回来了。咪咪又提出申请居留权的问题。果然不出施平所料，葛日新立刻跳了起来。

“这种事情我绝不干！出国来求学，已经是奇耻大辱。再要拿他们的居留权？绝不！”

咪咪说她不懂为什么出国就是奇耻大辱。葛日新说他们跟随潮流飘了二十几年，就是一桩耻辱。再要为这个背弃自己的国家，更是罪无可赦。葛日新又说：

“我们这一代，都中了龙门主义的毒。人家要我们怎么样，我们就怎么样。一年一年地忍耐下去，为的是什么？记得念高中的时候，父母师长就常常劝我们说，好好读书，忍耐忍耐吧，考上大学就好了。考上大学之后又如何呢？你们还记得不记得当时我们办座谈会批评联考制度，课外活动组的周先生劝我们的话？他要我们好好读书，忍耐忍耐，出国后再批评不迟。周先生当然是好意。可是出了国又如何呢？现在我们搞近代史研究社，又有人来劝我们，不要太任性，不要乱批评，好好读书，忍耐忍耐，等拿到永久居留权，拿到博士学位，功成名就后，再批评也不迟。可是等到你真拿到学位，一定又会有人来劝你，忍耐忍耐，等到做了官，自己来改造这社会，岂不更有效？他们讲的都对。可是如果相信龙门主义这一套，我们就只有忍耐一辈子，什么也别干了。”

“得了，”咪咪不高兴地说，“你不肯申请居留权是你的事。好意劝你，不接受就算了。”

“我知道你是好意。可是我们现在想法自圆其说，为了找事方便，拿了居留权。下一步就是申请美国公民权。到时我们一样会想法子自圆其说，一步步地越陷越深。不行！我们不能再走这条龙门主义的老路子，我们不能再当文化买办！”葛日新越说越激昂。“施平，你记得龚教授吗？这里历史系的龚教授请我们去吃过一次饭。他对我们说，二十几年前，他差一点就回中国去了。北大的聘书已经拿到手，连皮袍都买好，箱子都收拾好，差一点就回去了。可是就差这么一点。二十几年后，他还是在这里，套他自己一句话，靠零卖中国知识换口饭吃。他现在讲起来，还不胜唏嘘，差一点就回去了。可是差一点有什么用？差一点就差了几千里，差了一个国家！那天我听龚教授这么讲，我真是又可怜他，又瞧不起他。我发誓绝不走他那条路！”

施平也想起那天晚上，龚教授说起中国时，那种落寞而又无奈的神情。施平带了一张国乐唱片，送给龚教授。龚教授放在唱机里播出的时候，他那八岁的小儿子也跑来听，用英文问他爸爸是什么音乐。

龚教授摸摸儿子的头，对他们说了一句。

“胡儿初闻汉家声。”

他们当时大笑不止。施平回想起来，却悟出那句话的无比凄凉。葛日新这时用力敲着桌子说：

“我们一定不能放弃理想。只要我们拒绝接受诱惑，一切难关都可以克服！”

“不必说大话了。”胡伟康沉默了一个晚上，突然开口说，“我们的理想在哪里？我们究竟应该怎么办？我听你说了半天，都是些不着边际的空论。”

“怎么会是空论？”葛日新说：“我们必须认识自己，认识这个世界，认识自己的国家。一有机会，我们便可以用行动来证明我们这一代不是一群读死书的冷血动物。”

“机会在哪里？如何行动？”胡伟康说，“现在我们在海外，也不是五四时代了。我们能够做些什么？”

“你等着看吧，你等着看好了。”葛日新说，“我们一定可以做一些事。”

那天晚上，他们聊到深夜。可是施平总感觉到大家没有从前那么投契。胡伟康比从前更忧郁沉默，咪咪变得非常实际，葛日新变得冲动易怒。施平也察觉到咪咪和胡伟康没有从前那么亲密，咪咪总是和胡伟康分开坐。要是从前，两个人早就挤在一张椅子上了。咪咪常拿胡伟康的趣事当笑话讲，胡伟康却似乎并不觉得可笑。施平看在眼里，说不出是高兴还是遗憾。他想乘机多接近咪咪，又突然觉得自己实在并不了解咪咪。四个人里，咪咪变得最多，最能够适应新的环境。施平却因此对咪咪多了几分畏惧，或许是自惭不如咪咪老练。咪咪似乎有意多和他接近，可是施平却自甘放弃了好几个单独相处的机会，事后又在暗中后悔。他也无法解释自己矛盾的心情，有时竟发觉自己在躲避咪咪锐利的目光。

咪咪和胡伟康走了以后，施平又大大地后悔起来，接连打了几个长途电话给咪咪。咪咪要他南下去玩。施平怂恿葛日新一起去，葛日新表示不感兴趣。葛日新才认识了一群香港来的中国学生，拉他们进近代史研究社，讨论会也越办越起劲。施平要葛日新陪他去洛杉矶，葛日新却要求施平陪他去美国东部走一趟。

“去东部做什么？我们又没有熟朋友在东部。”

葛日新笑着说：“熟朋友聊来聊去都是那一套，还是多认识几个新朋友有意思。我听说许多学校里，中国同学都有类似我们的近代史研究社的组织。有心人到处都是，大家如果打成一片，才能做点事情。”

他俩彼此拉来扯去，最后还是决定各自行动。葛日新坐灰狗长途客车去中部和东部，施平送葛日新到灰狗车站，自己连夜开车去洛杉矶找咪咪。咪咪和另外一个女孩子住在山塔蒙尼卡区一栋公寓里。施平开了一夜的车，人困马乏，咪咪让他睡在客厅沙发上。他一觉睡到下午五点，起来的时候，咪咪却不见了。同公寓的女孩子说她去餐馆打工。施平没奈何，和那个女孩聊了一晚，知道她姓丘，也在加州大学念教育，两人意外地谈得很投机。咪咪十一点才回来，带施平去胡伟康住的地方。原来胡伟康就住在附近，这时也刚从学校回来。施平当晚就借住他处。胡伟康见了施平，谈兴大发，对他叹了大半夜的苦经，讲来讲去，无非不愿意在加大再念下去，自己对美国完全感到幻灭。施平也不知道该如何劝他，末了胡伟康自己倒想出一条路。

“我要去欧洲。”胡伟康说，“美国绝不是研究哲学的地方。这里的人太现实，太功利主义了。欧洲是西方文化的发祥地。即使我学不到什么，去走一趟也会有很多收获。”

“你准备去哪里？”

“慕尼黑或者巴黎。我如果能够跟海德格尔或萨特当面请益一番，这辈子就心愿已足了。”

“你现在不欣赏嬉皮文化了？”

“他们太天真了，学了一点东方文化的皮毛，其实不懂什么。我跟几个嬉皮谈过，他们肚里并没有多少货。这样的反文化运动，肤浅得很。我还是到欧洲看看比较好。”

胡伟康叹完苦经，反倒呼呼大睡，施平却失眠了。他对念比较文学也越来越没有兴趣。胡伟康骂嬉皮只懂得东方文化的皮毛，施平觉得系里的几个教授，同样只懂得东方文化的皮毛。他跟他们学不到什么。而且他越来越明白，在学术界要立足，多半靠的是关系。系里的几个博士研究生都忙着拍系主任和几个大牌教授的马屁，做好公共关系，希望毕业后能获得推荐，进入较好的大学教书。施平从心底对这些事情就感到厌恶。但是他也知道，如果没有人提拔，他毕业后一定找不到事。他怎么办？去餐馆打工？回台湾教书？和区一鸣一样，对台湾的年轻人大卖膏药，骗骗大学女生？他左思右想，都得不到结论。胡伟康家里有钱，可以去欧洲，他能够去哪里？

第二天，施平、胡伟康、咪咪和那位姓丘的女孩一同到迪士尼乐园去玩。咪咪有意无意和胡伟康走在一处，撇下施平和姓丘的女孩。

施平不知道她葫芦里卖的什么药，闷在心里，又不好问。他只好带丘慧美去逛海贼窟，坐飞车。坐飞车时，丘慧美惊呼着斜靠在施平身上，施平只好扶她一把，却发现她有极柔软的腰肢，简直可说柔若无骨。施平不由得心中一动，下车后，施平不免对丘慧美多看两眼，断定她也是个极甜美的女孩。

施平在洛杉矶玩了三天，和咪咪没有机会谈心，倒和丘慧美处得不错。他跟咪咪和丘慧美约好，寒假时再南下来找她们玩，有些晕淘淘地开车回伯克利。他脑海里盘旋着三个女孩子的倩影，咪咪、王小玲和丘慧美。三个女孩都似乎对他有意，条件也都不错，施平反而不知该怎么办好。他想和葛日新商量，回到家里，却发现家中挤满了人，葛日新口沫横飞地在演说，施平只好也坐在墙角听。葛日新正在讲列强侵华史，拿了一大沓南京大屠杀、义和团运动的书籍图片，传给大家看。葛日新讲得满脸通红，激动得声音都颤抖着，无法控制。他讲完了，在座的人都抢着说话，几位连中文都讲不清楚的香港同学，也踊跃地发表意见。葛日新又报告了他到中部和东部的旅行经过。他说各地的中国同学，有组织讨论会的，也有组织国是研究社的，他走了七八个学校，每到一个地方，就夜以继日地和那里的热心同学讨论问题。

“到处都有热心的朋友。”葛日新兴奋地说，“大家认识的程度并不相同，有的还停留在德先生和赛先生的阶段，有的冲得很快。但是我们都可以谈。中部有人要办科学月刊。他们的做法比较保守，只限于介绍科学知识给一般的国内青年。但是这些事很值得做，有一定的意义，我们应该支持他们。还有一批人，正想办社会科学月刊。我们也要支持他们！”

大家听了葛日新的话，都忘其所以地拍手叫好，连施平也感到胸膛中冒出一股热气。葛日新在房间内踱来踱去，像一只精力充沛的小兽。

“我们现在终于看清楚我们的未来在哪里。以前我们只晓得喊迷失，喊失落，难道我们真的迷失了？难道我们真的失落了？没有！我们并没有失落！上一辈的人太关怀我们，希望我们永远像温室中的花朵般，不必面对现实。但我们终于觉醒了，我们要走出温室，勇敢地面对外面广大的世界。我们要认识一切新生的事物，我们要继承中国青年光荣的爱国传统，团结在一起，为中国的富强而奋斗！”

葛日新讲完了，有一位香港来的同学提议说，他们也该为华埠的中国人做些事情。旧金山的华埠离他们这么近，这不是他们表现关怀社会的胸襟最好的机会吗？大家讨论了一下，决定趁着假期，轮流到华埠去打扫街道，在街头摆设摊位，帮助不懂英文的同胞填报所得税表。大家越说越起劲，一个个慷慨激昂地站起来发表意见。讨论会到十一点才散，同学们三五离开，最后剩下高强和宋子佳没走。蓄小胡子的高强念的是物理系。施平知道他在台大连拿了四年书卷奖，同班同学都非常佩服他，以为他将来一定会变成李杨一类的大学者。今晚他也十分激动，一再说：

“这才是我们的事业！这才是我们的事业！男儿志在四方，一天到晚读死书，永远只能作外国人的奴才。我已经决定了，下学期拿到硕士后，我不准备在这里再念博士了。我要到东部去，换一个学校，多认识几个志同道合的朋友。将来我们能做的事就更多。”

“好兄弟。”葛日新紧握住高强的手，“我们绝对不要断了联系。不论将来如何，你可以相信我，我绝不会改变。”

“我也绝不会改变。将来不管我人在哪里，有用得着我的地方，一句话！”高强拍拍脑袋，“大好头颅，要卖给个识货的，只要是为了中国，头可以断，血也可流！”

宋子佳本来坐在沙发椅上，这时也站起来说：

“就这么办！高强去东部，葛日新留在这里，我也不准备再念什么鬼博士了。我打算到钢厂去实习两年，学一些对国家建设真正有用的技术，回国去干。我大概会比你们早回去。我在台湾等你们！”

“没问题。大丈夫一诺千金。”高强拍着胸脯，豪迈地说，“五年后，我们台湾见！”

高强和宋子佳走了以后，施平感动地对葛日新说：

“我佩服你们！希望你们真能为国家做出一些事情来。”

“为什么说‘你们’？应该说‘我们’。我们都要好好干一场。”

“我……”施平一阵脸热，“跟你们比起来，我太不成了。你们学理工的，回国都是有用的人。我有什么用？”

“别说泄气话。文学家是灵魂的工程师，比别的工程师更有用。你应该回去倡导新的文学风气，扫荡虚无萎靡的颓废作品。”葛日新想想又说：

“对了，你这次去洛杉矶如何？胡伟康和咪咪都好吧？”

施平记起从洛杉矶开车回来的路上，他还在考虑追哪一位女孩子的问题。这时突然觉得那种问题太微不足道，简直连对葛日新提它都感到可耻。他含糊地说：

“唔，他们都不错。胡伟康可能去欧洲。咪咪念完硕士，她说要去做事。”

“我不喜欢咪咪现在这个样子，简直完全美国化了。小胡太过于以自我为中心，仍旧把自己限死在他的小天地里。下次我们再聚会，应该想法好好劝劝他。”

“其实小胡也变了不少。大家都在变。这一年来，我们真变得太多了，跟在台湾时完全不同。那时谁会想得到我们现在会有这么不同的想法？”

葛日新举起双手，大声说：

“变才是好事，我们终于长大了。”

施平想起咪咪也说过同样的话。他不禁喃喃地说：

“对，我们终于长大了……”

七

一壶菊花茶不觉已经喝完。施平将壶盖翻了过来，拿小汤匙轻轻敲着盛点心的瓷碟。餐馆里只剩下两桌客人。窗外又开始落雪。不过是下午四点多钟，天却迅速变黑了。昏黄的路灯透过雪的白色帘幕，将路人的幢幢身影投映在玻璃窗上。施平继续说：

“第二年夏天，我离开加州到纽约来。那年冬天，‘保钓运动’的火花点燃了，葛日新和他结合的那批朋友，将全部力量投了进去。我在纽约，也参加了这里的‘保钓’活动。我们轰轰烈烈地干了一阵，后来大部分人都慢慢冷淡下来，只剩下少数人还在坚持着，葛日新是其中的一个。”

“那一群朋友，你现在还保持联系吗？”

“可以说完全没有。这两年我只和葛日新通过一封信。其他的朋友也四散了。”施平沉吟着。“胡伟康去了德国，现在仍旧在汉堡大学念哲学。咪咪嫁给一个犹太人，现在人在台湾，听说又开始写文章，在文坛十分活跃。其他几个女孩子，大约都嫁人了。高强在‘钓运’时也积极活动了一阵，后来他和左派闹翻，左派大肆攻击过他，以后就没有他的消息。宋子佳不知道去了哪里，也许也回台湾了吧？他是个言行一致的人。他说过要回去创业，我相信他一定能做到。”

施平说着，自己不觉好笑起来。

“其实不过几年前的事，谈起来倒好像白头宫女说天宝遗事。你大约也听烦了，我们另找地方吃晚饭去。”

陈泽雄慌忙站起来说：

“不必客气，已经打扰太久了，应该由我会钞。”

“哪里有让你破费的道理？”施平掏出一把零钞，塞给早在一旁等候的伙计。他们走出餐馆，迎面飘来一阵雪花，施平翻起大衣的衣领。陈泽雄说要去曼哈顿找一个生意上的朋友。施平看陈泽雄行李并不沉重，又惦记着要把车钥匙交还给简小姐，就指示他如何搭乘地下火车。陈泽雄紧紧握住施平的手，一再地说：

“谢谢，谢谢，什么时候回台湾来玩，请写信告诉我。”

“你到西部如果再见到葛日新，替我问候他，就说施平还在纽约，哈哈。”

两人在街口分手，施平回到报社的编辑部。简小姐双手叉腰，正和黄国权吵架，陆太太和宋先生在旁边看热闹。简小姐眼尖，看到施平回来，立刻大声喊：

“施平你来评评理。黄国权要把明天一版已经排好的新闻撤掉，换上他的广告。你说有这样不讲理的事情没有？”

“又不是我的广告。”黄国权连忙分辩，“艾丽丝，你不要乱编故事。他们旅行社本来不肯在我们的报上登广告，是我好不容易才拉来的。讲好登第一版，老板也同意了，你何必故意刁难？”

“谁敢刁难你？老板说登第一版，有没有指定明天登？有没有？是谁在假传圣旨？”

简小姐一边骂，一边拿手指着黄国权。黄国权往旁边闪，一只脚恰巧踏在字纸篓里，摔了一跤。围观的几个人都笑了，连简小姐也忍不住扑哧笑了出来，施平乘机说：

“黄国权，简小姐的一指功厉害，你还不赶快道歉。”

黄国权爬起来，无可奈何地说：

“艾丽丝，我认输了。广告后天登就后天登，少一天广告费，是老板少赚钱，不干我的事。”

黄国权说着把桌上的广告大样收进抽屉里。施平掏出钥匙串，还给简小姐。宋先生打着呵欠说：

“该下班了。各位，明天见。”

大家纷纷收拾东西。宋先生和陆太太先走了。施平帮忙黄国权和简小姐整理完电讯稿，三人下楼来，报馆的人这时都准备离开，走廊里挤满了人。有的人在穿大衣、雪靴，有的人在谈论马经。排字房的小张兴高采烈地吹嘘他今天连赢了四场，少说也赚了三百多元。施平知道要不了三天，小张赢来的钱，就要完全送回给跑马场的账房。小张嗜赌如命，排字工人的微薄收入，全部赌马输光。但他还一直在赌。人就是这样奇怪的动物，无论如何也要找寻一个希望活下去。小张和施平谈过一次心，流着眼泪讲起他父亲如何因赌博而倾家荡产，他母亲如何离开他们。现在小张的姐姐还在香港，父亲已经过世，他自己流浪到纽约，却又染上赌博的恶习，赌马成了他唯一的精神寄托。施平每次想到自己前途茫茫，就不免想起小张。小张的前途又在哪里？像小张这样流落在天涯海角，默默地生活，默默地工作，默默地忍受寂寞煎熬的人，又有多少？

施平陪着简小姐走到停车的地方，简小姐问他是否要搭便车回家，施平谢绝了。他对简小姐说再见的时候，似乎看到简小姐眼里有一丝哀怨的神色。

是她真的有情，还是他自己多心？施平不愿意去想。横竖她已有了男朋友，他没有什么可感到不安的。不，他不愿意再一次掉入感情陷阱。他对自己说，没有用处，一点用处都没有，他还是一个人比较好。

他在运河街钻进地下火车道入口。一列快车呼啸而过，轨道两旁气流激荡，施平不禁打了一个寒噤。列车驶过后，留下一片令人难堪的寂静。两边等车的人面无表情，没有人关心任何人，没有人想到和别人搭讪，每个人的脸上都充满了疲倦、空虚和寂寞。施平恨不得大喊两声：他还活着！他还年轻！他要拥抱这个世界！

施平想起下午和陈泽雄的谈话。他也想起胡伟康的小屋、明星咖啡屋、嬉皮区的鲜花、葛日新的近代史讨论会。春天竟显得那么遥远，那么遥不可及。他几乎不能相信世界上还有春天。但春天仍旧会来临的。他必须有信心。春天仍旧会来临。过去曾有过春天，也许未来还有另一个春天？

RR线的地下火车终于来了，施平跟随着别的乘客上车。两扇铁门砰的一声自动合上，车厢里一片昏暗。施平抓紧车门旁的钢柱，随着火车起动，他不由自主地向前一倾身。

岂种

一

法院是一栋古老阴暗的建筑物。法院的一侧是邮局，另一侧是税务处，都是同一类型的红砖大楼。法院前有一座喷水池，青铜人鱼的喷泉虽然仍在喷水，却还不及落在池中的雨水来得声势浩大。陈泽雄站在法院门口，望着外面排山倒海般降落的豪雨。瀑布般的雨水从屋檐直泻下来，法院门口的两棵矮树被豪雨打弯了腰，像两个不断作揖求饶的小老头。喷水池的池水满溢出来，停车场一片汪洋。从停车场冒雨跑来的人，个个淋得浑身湿透，看到陈泽雄悠闲地站在门口欣赏雨景，都不免恨恨地瞪他一眼，仿佛责备他幸灾乐祸。其实陈泽雄的心情比淋雨的人更紧张。再过半小时就要开庭了，表妹和葛日新却迟迟不出现。难道葛日新的车子抛锚了？还是路上出了什么事情？陈泽雄呆望着继续倾泻的豪雨，不禁暗暗希望表妹和葛日新能及时赶到。一辆汽车疾驶进停车场，溅起尺高的水花。他注意观看，从车子里出来的却是一个撑伞的妇人。这时背后有人说：

“他们还没有来？”

陈泽雄回头一看，洪显祖牵着萱萱，不知何时也已站在门口。萱萱抱着一个洋娃娃，高兴地对着外面如注的雨水嚷着。

“下雨了，爸爸。好大的雨哦。”

“这雨下不久的。”洪显祖一半对着陈泽雄，一半自言自语地说，“这里的天气就是这个样子，干旱一阵，就会来一场大雨。这雨下不久的。”

陈泽雄没有理会洪显祖的自言自语。他对洪显祖十分不满。今天这样的场合，洪显祖实在不该带萱萱来。孩子小小年纪懂得什么，不应当让她看到父母对簿公堂。但是洪显祖这样做，一定有他的用意。是故意刺激表妹？还是为了博取法官的同情？无论如何，洪显祖都不该这样做。陈泽雄蹲下身来，摸摸萱萱的脸。

“萱萱乖。等会你爸爸去办事，叔叔带你去玩好不好？”

孩子躲开陈泽雄的手，缩到父亲身边。

“我不要。我要跟爸爸在一起。”

“叔叔带你去买糖，给你买一大包泡泡糖。”

“我不要。”孩子固执地说，靠父亲靠得更紧，“我不要嘛！”

洪显祖对陈泽雄挥挥手。

“没有关系，萱萱不碍事的。别的闲人都可以来旁听，她当然更有资格在场。”

陈泽雄听洪显祖言下之意倒是责备他多管闲事，干涉别人家务，心里十分气愤。他真想说，我管你洪显祖个屁，要不是舅妈几次三番来信求我做和事佬，我才不会来。舅妈的信上一再说，双方能够不上法庭，就千万不要上法庭，要陈泽雄无论如何设法从旁化解。陈泽雄也晓得，以表妹的脾气和洪显祖的精明，不闹上法庭是不可能解决问题的。他两面打电话劝了一阵，最后还是陪他们进了法院。虽然辜负了舅妈的托付，至少他们打官司，他必须在场，将来对舅妈也有个交代。但是被洪显祖讥讽了两句，陈泽雄自觉脸上无光。他不愿和洪显祖啰唆，走到大门另一角，面对门外站着。

雨势稍弱，却刮来一阵风，将雨水吹进大门里面。萱萱在门口跳来跳去，雨水漂进来，她就连忙后退，风向一转，她又往前走，咯咯笑个不停。陈泽雄看孩子快乐的样子，心里浮起无限怜悯。她并不明白父母即将离婚，她归给谁还不知道呢。他想起自己的车子里还有几包口香糖，外头雨已经小了，就决定冒雨冲出去，给萱萱拿糖。

陈泽雄还没有跑到停车场，雨势又突然转强，豆大的雨点打在背脊上，衬衫立刻凉凉的一片。他不小心一脚踏进一个水坑里，鞋子全湿了。他深悔孟浪，鼓足勇气冲到车子旁，连忙钻进前座。雨这时以惊天动地的声势落下，车窗上一层层水纹波浪般流动。他坐在车子里面，车窗内不久就蒙上一层水汽，什么也看不见。他晓得一时走不出去，索性换了一个较舒适的姿势，等待雨势再度减弱。

二

洪显祖焦躁地站在门口，不时呵止萱萱，不许她跑出去玩水。萱萱却顽皮地一次又一次往外面跑。他只有把她拖回来，不理会孩子的抗议，紧握住她的小手不放。萱萱扭来扭去，嚷嚷了一阵，总算安静下来。洪显祖牵着孩子，心里越发焦躁。亚男还不出现。那个该死的葛日新八成又出了什么岔子。他第一眼看到葛日新，就对他全无好感。第一次听到葛日新讲演，他记得是在一个纪念会上，不知是五四纪念会还是别的什么，反正是洛杉矶那一帮无聊学生搞出来的名堂。他对政治集会一向毫无兴趣，被亚男硬拖了去。亚男拿国家民族的大题目开导他，讲了一大堆话。他最后同意陪亚男去，其实还是为了讨她的欢心。他们在这之前才大吵过一次。那一阵子刚好公司事情忙，他每星期都得飞到新墨西哥州空军基地，和军方洽谈一个重要的研究计划。公司对这计划非常重视，不仅为了钱，也为了公司的声誉。公司会选他担任代表，可以看出他们对他的器重。但亚男全然不管这些，只知道无理取闹。有一次他要出门，亚男竟横躺在车子前面，不许他开车走。邻居都远远站在窗后看笑话，真丢人。结果他只好驾车从草地上驶出去，毁掉一大片新种的草皮。出差回来，他免不了和亚男大吵一场。

洪显祖摇摇头，试图抛开不愉快的回忆。他一直努力挽救这婚姻。为了亚男，他不惜抛开事业，回到台湾去和她再度结婚。为了亚男，他一次次在吵完架后向她屈服，对她道歉，甚至陪她去参加那些无聊的政治集会。为了亚男，他几乎什么都肯做。但这些努力换得了什么？洪显祖想到这里，不禁又气愤起来。他做任何事都精打细算，没有适当报酬的事情，他绝对不干。美国就是这样一个国家，什么东西都有个价钱。他早就学会如何妥善支配自己的时间，如何换取最大的报酬。唯独对亚男他什么都不计较，想不到反而一败涂地，搞得他焦头烂额。早知如此，他就该贯彻他的原则，找一个真正欣赏他的才干，懂得金钱重要的女人结婚！

但是亚男并非不知道金钱的重要。事实上，洪显祖一直以为她是相当拜金主义、十分现实的女人。他并不在乎亚男的现实，他自己是个现实的人，他以为亚男的个性和他相似，正是天造地设的一对。亚男也很精明能干，她又很好强，这些脾气都对他的胃口。可是他努力了这么久，还是没有办法完全征服她。为什么？他究竟做错了什么？

洪显祖搜索枯肠，始终想不出原因来。他不是肯轻易承认失败的人。连公司里的犹太主管，都佩服他倔强的牛劲。但是碰到了王亚男，他却一筹莫展。结婚这么多年，他反而越来越不了解她。她究竟要什么？名誉？金钱？地位？他全给了她。她还能要什么？爱情？每次吵架的时候，亚男就说他不懂得爱情。但他实在是爱亚男的。他肯为她牺牲一年时间，追随她回台湾，这不是爱情是什么？这些都不算，却说他不懂爱情，洪显祖无论如何也不服气。葛日新又能给她什么？

一想到葛日新，洪显祖就又妒又怒。他从来没有想到，他洪显祖的太太，竟会跟葛日新这穷小子跑了。他哪一点不如葛日新？他怎么竟会被葛日新这种人打败？

愤恨像一条毒蛇般啮咬着洪显祖。他绝不承认失败，他的字典里从没有失败两个字。他并不愿意打离婚官司。陈泽雄几次打电话来调解，洪显祖都很明确地表明他的态度。不打官司可以，只要萱萱归他抚养，亚男放弃任何赡养费的要求，一切都可以罢休。他明知亚男不会接受这些条件。但他也无意让步。萱萱是他的，他在萱萱身上所花的心血远超过亚男，只有他有资格抚养萱萱。至于赡养费，他妈的，要他来养活葛日新？休想！他并不愿意打官司。但是为了保障他自己的权益，他绝不能退让半步。即使要打上三五年官司，他也准备打下去。

洪显祖望着似乎永不会停止的雨水。萱萱闹困了。他把孩子抱起来，轻轻拍着孩子。亚男还不来，陈泽雄也不知道跑到哪里去了。他倒希望陈泽雄赶快回来帮他抱一下萱萱。陈泽雄这个人有些傻气。他回台湾追求亚男那一年，曾经找过陈泽雄帮助他经营工厂。他知道陈泽雄暗中爱慕亚男，就利用这一点，雇他来帮忙。果然陈泽雄拼命替他卖力，不但工厂业务蒸蒸日上，他家里的杂事也由陈泽雄一手包办，真替他做了不少事情。他离开台湾的时候，曾考虑过把工厂交给陈泽雄经营。最后他还是决定把厂卖掉，一方面因为当时有人出高价，另一方面也因为毕竟不完全信任陈泽雄。陈泽雄虽然老实，但是知人知面不知心。他离开台湾，鞭长莫及，谁知道陈泽雄会玩出什么花样？所以他最终并没有让陈泽雄沾到多少好处，当时心里难免有几分过意不去。后来有一次和亚男吵架，亚男重提这件事情，骂他自私透顶，精明过度。他听了反而哈哈大笑。在美国这社会，只有绝顶自私的人才能成功。他越精明，人家越敬佩他。自私有什么错？亚男又骂他利用陈泽雄。他反驳说，难道你没有利用过陈泽雄？陈泽雄替你做了多少事情，难道这不算是利用？

洪显祖回忆往事，不免叹气。扪心自问，他不能不算了解亚男的性格。亚男和他一样好强，也和他一样自私。他在美国社会打滚了这么多年，终于学会如何支配别人。亚男却不需要他的教导，天生就懂得利用别人。也许漂亮的女人都有这样的天赋？他和亚男的脾气如此相像，却搞到闹离婚的地步，这岂非天意吗？

他又想起那年他们在台湾结婚后宴客，亚男穿着露肩的晚礼服，出来和宾客周旋。明艳的姿容，现在回想起来，都令他怦然心动。听陈泽雄说，亚男和葛日新住在只有一间房间的破旧公寓里，生活非常清苦。那种生活她怎么过得惯？洪显祖不由得又怜惜起亚男来。但是他迅速制止住这个念头。他事事精明，就是对亚男过于软弱，才搞到今天这个地步。事已至此，他绝不能再软弱了。亚男要离开他，和葛日新同居，那是她咎由自取。她必须接受应得到的惩罚。

怀里的萱萱睡着了。洪显祖抱着孩子的手臂有些麻木。这几个月萱萱似乎又重了不少。他轻吻一下孩子的脸。孩子比较像他，两条眉毛却依稀是亚男的眉毛。洪显祖将孩子的重量转移到他的肩膀上。结婚七年，萱萱成为他唯一的收获。他越来越不能离开孩子。每天在公司里和同事斗智力搞阴谋，筋疲力竭地回到家里，洪显祖都渴望看到萱萱和她天真无邪的笑容。很奇怪，他对亚男反而从来没有这样的感觉。亚男还在的时候，他反而害怕回家。亚男令他紧张，不知道什么时候家里又要暴发一场争吵。和亚男在一起，他必须处处设防，随时准备应付亚男射过来的冷箭。亚男的聪明不亚于他，又整天在家中无所事事，全部精力都储蓄起来用在晚间两人的冷战上。而他白天在公司里忙碌了一天，回家来还要打另一场夫妻间的冷战。他实在太累了。离婚也好，让葛日新去尝尝亚男的苦头，反正她对什么都不满足，让葛日新去设法满足她吧。

洪显祖想到这里，不禁冷笑了几声。但是他又感到一阵说不出的寂寞和怅惘。他下意识地抱紧了孩子，在法院门口踱来踱去。

三

王亚男坐在葛日新的旧汽车里，车子以每小时五十里的速度，在雨中的市区里疾驶。葛日新抿紧双唇，脚紧紧踏住油门不放。王亚男手心都是冷汗。她紧拉住安全带，感到胃里酸酸的一阵恶心，直想作呕。她努力深呼吸，汗却仍然冒出来。她觉得好难受，忍不住说：

"开慢些好不好？我受不了。"

葛日新放松油门，车子立刻慢了下来。葛日新转过脸来，充满关切地问：

"要不要找个地方下来休息一下？"

"不用。已经迟了。你不要开得太快就行。"

"马上就到了。你闭上眼睛休息吧。"

王亚男依言闭上眼睛。胃里仍然阵阵冒酸，加上一夜未睡好，她感觉十分虚弱。事情偏偏都发生在她最倒霉的时刻。离婚的案子正要开庭，昨天她去医院检查，又证实了她一直拒绝相信的事实。她将消息告诉葛日新时，他勉强做出欢愉的神态，但她却看得出他的战栗不安。

"太好了。我一直希望有个小孩。"

她强笑着摇头。

“下一次吧。这次还是拿掉它。”

葛日新剧烈的反应吓了她一跳。他粗暴地摇着她，捏得她肩膀发痛。

“不行！我绝不许你做这种事！”

“本来就是意外嘛。”她委婉地说，“等到我们一切都计划好了，再有小孩也并不迟。”

“不行！不行就是不行！你绝不能拿掉他。”

整个晚上，他们都进行无益的辩论。他不许她去打胎，甚至凶狠地骂她，仿佛她是主张摧残小生命的刽子手。她无限委屈，勉强忍住不让眼泪流下来。她知道他们养不起小孩。葛日新一直没有固定职业。她绝不能让小孩受苦，让他也变成贫民窟里长大的顽童，整天在街头闲荡。葛日新搬出一大堆理论企图说服她。平常她都很同意他的理论，这次却不肯让步。她不要她的孩子受苦，什么理论都不能改变这一点。她已经做过一次不负责任的母亲。好在洪显祖虽然绝顶自私，萱萱却是他的命根，她心里明白她可以放心把萱萱交给他。这一次，她却下定决心要好好担负起母亲的责任。唯其如此，她更不愿意轻易有孩子。还是拿掉吧。葛日新却完全不能接受王亚男委婉的解说。他要这个孩子，他绝不肯让王亚男去打胎。她知道这关系他男性的自尊。可是他为什么就不能了解她做母亲的必须担负的责任呢？

王亚男闭着眼睛，身体随着车行而左右摆动。昨晚的辩论，并没有解决任何问题。人究竟还是自私的，任何主义理论都难以除尽人的私心。葛日新有他男性的自尊，他就不肯承认他们养不起孩子的事实。她也有母亲的私心。她早已发誓，再有孩子，她必须能够尽到母亲的责任，否则宁可不要。她也明白这是一个死结。除非她采取行动，谈论永远无法解决问题。也许葛日新像电影里那个美国学生一样，嘴里虽然反对，心里却希望她偷偷把孩子拿掉？葛日新不是这种人。但是最后的决定必须由她做。将来一切后果，也必须由她承担。她觉得非常疲倦，胃里的酸水又涌上来。

其实她何尝不希望再有个孩子？她欠萱萱太多，她自己也知道。生萱萱时她还太年轻，不懂得如何照顾孩子，又嫌萱萱耽误了她的事业。那时她刚来美国不久，很想继续学业或出去做事。洪显祖却以孩子为理由，屡次反对她外出找事。他会说："你要什么就有什么，何必出去做事，赚那种辛苦钱？"等到她逼得急了，他又说："等孩子再大一点，再出去念书或做事，都随便你。孩子小的时候，母爱最重要。交给保姆是不行的。"想不到对于结婚前谈吐风趣的洪显祖，婚后她才发现他在婚姻方面其实非常保守。他理想中的妻子，除了相夫教子，绝不应该有自己的事业。洪显祖待她不是不好。他兴致来了，工作不忙的时候，就带她去洛杉矶最豪华的夜总会，吃一顿最好的西餐，饭后再去看戏或跳舞。她不能不承认，他是懂得享受人生的人。他并不是那种只知道埋首读书，死做研究，永远离不开书桌的穷酸教授。无论在美国或台湾，洪显祖都是要得开的人物。他懂得赚钱，也懂得花钱。在达官要人前面，他可以侃侃而谈，毫无惧色。没有人能够占他的便宜，也没有人能强迫他做任何事。王亚男最初和他认识时，颇为欣赏他这种独立的个性。她还偷偷把他比作《乱世佳人》里的白瑞德船长。洪显祖长得也有几分像白瑞德——不，该说像克拉克·盖博。刚结婚时，她还沉醉在浪漫的幻想里。慢慢地，她方才察觉两人性格的不协调处。洪显祖性格里令她不能忍受的一面，仿佛埋在沙堆里的铁戟，随着时间潮水的冲刷，一点一点地暴露出来。

洪显祖在他高兴时可以很风趣，也懂得享受人生。但她逐渐发现，他具有钢铁般的意志，一切事情都必须合乎他的规律，合乎他的意思。他可以一连十天半月埋首工作，整个人都吸了进去，别的事情统统不管，即使是他们的结婚纪念日也不予理会。等到他忙完了，他又突然像变了一个人似的，全心全意投入社交生活里。或者举行盛大的宴会，或者拖着她陪上司去打高尔夫球，或者带她去大酒店补行庆祝结婚周年。她还来不及适应突如其来的频繁社交生活，他就又失踪了，三天后才从千里外的旅馆打电话回来……他的生活就是这样，从一个极端跳到另一个极端，对她也像疟疾发作似的忽冷忽热。起先她完全不能适应洪显祖这种高速的生活方式，简直手足无措。结婚一年后，她慢慢摸清楚洪显祖的脾气。她明白他不是任性胡来。相反地，他所做的一切，都经过精密的计算。他完全充分利用他清醒的每一秒钟时间。每一件事情，他都有用意。工作时不必讲。即使是社交应酬，他也有一定的目的：联络同事感情，拉拢上司，认识事业上有助于他的朋友。有一阵子，他每星期宴请不同的人。她忙得头昏脑涨，完全不明白他在搞什么。直到有一天他得意扬扬地回来告诉她，他已经当选航空学会的会长，她才知道每次宴会都是他的布局，每位客人都是他精心布下的棋子。

她逐渐适应了洪显祖式的生活方式，可以过十天修道院般的隐居生活，然后在三天内连开四个派对，打扮成雍容华贵的女主人，然后再陪洪显祖出去玩，变成他花枝招展的情妇……以她的才干，这一切她都能应付裕如。洪显祖对她满意极了。可是她却不禁开始问自己：这都是为了什么？他们这样活下去，最后能获得些什么？这些问题，她没法一下子想得清楚。她只有观察洪显祖的言行，希望能从中获得答案。她越了解他，越明白他一切的行为都有目的。他从不随便请不相干的人吃饭。有一次，他的一位老同学出差到洛杉矶来，打电话到家里找他。她自作主张请那位老同学晚上来家里吃饭，并没有告诉洪显祖。洪显祖回家才知道这回事。朋友来的时候，洪显祖表现得非常亲热，有说有笑。等到朋友一走，他立刻对她大发雷霆，责怪她擅自做主，浪费了他一晚上的时间。这次事件之后，她才认清他刻薄寡恩的一面。没有利用价值的朋友，立刻被他一脚踢开。他绝不浪费时间在无益的友情上面。

她和他相处越久，越觉寒心。她发现他连带她出去玩，都有一定的目的——主要为了保持她的身心健康，她的容貌，和她的忠贞，使她肯继续替他卖命下去。她暗中研究了他很久，终于明白，他追求的只有两样东西：成功和效率。这两样东西，又是不能分开的。为了成功，他必须有效率地运用自己的时间，有效的工作，有效的应酬。他也设法将她塑造成他理想中的妻子——一个有高度效率的妻子，平时是贤妻良母，请客时是雍容华贵的女主人，外出时是美丽的伴侣。为了使她保持高度的效率，他也不时给她一点甜头——首饰；周末的节目，偶尔从花店送来的玫瑰花……

她看穿了他的处世之道后，有好一阵子不知道该怎么办才好。他并没有特别显著的缺点。只要她不自作主张，一切都随他的意思，他从不发怒。她事实上也不必自作主张，因为他对事情通常比她考虑得更周到，很少有差错。他几乎可说是个标准的好丈夫，可是她却越来越不能忍受他。她发现他除了追求成功和效率外，内心什么也没有。也许，正因为他里面什么也没有，所以才能保持这样高效率的成功生活。

他简直就是一架机器，一架几乎接近完美的机器。可是她呢？她并不是机器。她也不想做机器。她还想过人的生活。她不能忍受这样完美无缺的生活。她开始有意无意地制造一些小摩擦，在他的机器的齿轮间放几颗小石子，使它运转得不那么灵活。她认识了几个朋友，常擅自请他们来吃饭。洪显祖出差时，她便带萱萱去圣地亚哥度假，让洪显祖打电话找不到人。小摩擦演变成小吵架。吵了几次以后，洪显祖大约发现吵架不是解决问题最有效的方式，又开始带她出去玩。可是她却拒绝屈服，仍然坚持她小小的离轨行为。这却是洪显祖所无法容忍的。他们终于大吵了一场。洪显祖说了几句伤透她心的话，她一直牢记不忘。

“名誉、金钱、地位，我都给你了，你为什么还不满足？你以为我非要你这个太太不可？笑话！像你这样的女人，我随时可以回台湾挑一打！”

那次大吵之后，两人都同意离婚。她立刻买了飞机票，带萱萱回台湾。想不到洪显祖又追来台湾。他又变成他们最初认识时，谈吐风趣的洪博士。她起先打定主意不理他，但父母亲却先屈服了。她禁不住他的游说，指天誓日保证绝不再犯老毛病，终于答允再和他结婚。

再度回到美国，不久她就失望地发现，洪显祖还是老脾气。只是他现在比从前更加精明，更会精打细算。也许他也发现，像她这样的女人，毕竟不是随时可以回台湾挑一打的。他不再和她大吵，可是仍旧不允许她干涉他的生活。家里的一切事务，金钱账目，都由他控制。她仍然只是他御用的机器。她又开始反抗，这次却无法激发洪显祖的脾气，两人间逐渐产生长期的冷战。他一定已经盘算清楚，她无论如何也翻不出他的掌心。她一个人艰苦奋战了许久，一切能使用的手段都使尽了，几乎已经心灰意冷，准备屈服，做一辈子洪太太。就在这时，她遇见了葛日新，从此她的生活有了一百八十度的转变。

四

葛日新找到停车的地方，关闭汽车的引擎。身旁的王亚男额上都是汗。他掏出手帕，细心地替她拭去汗水，她却握住他的手，柔声说：

“我们走吧。别人一定在等我们了。”

“还差五分钟。我们来得正是时候。”

葛日新扶着王亚男，冒雨跑向法院的大楼。他两手搀扶着她，生怕她摔倒，震动胎气。他在汽车里想了一路，得到一个重大的决定：他们一定要保住这个孩子。他还没有告诉王亚男。不过他自己已经想过了。为了养育孩子，他必须去找一个正当的职业。正当的职业？他不禁暗中自嘲地笑了。什么是正当的职业？替外国人制造狗食罐头？研究新的生化战剂？正当的职业，实在是不正当的职业。卖包子才是正当职业！但是为了孩子，他只有和现实妥协。不能妥协得太多！他不断警告自己。但是找寻一个正当的职业，恐怕是必要的了。

他一眼就看见陈泽雄、萱萱和洪显祖站在门口等他们。陈泽雄抱着萱萱。萱萱看见王亚男，大叫妈妈，极力挣扎，陈泽雄赶快把她放下来。王亚男冲上去一把搂住萱萱，眼泪直流下来。洪显祖神色有些惨然，半晌不曾说话，伸手去摸萱萱。看到葛日新跟进来，洪显祖脸色又变得阴沉。几个人僵在门口，王亚男搂住萱萱不住啜泣。最后还是陈泽雄说：

“时间差不多，该进去了。”

他们鱼贯进入法庭。洪显祖的律师早就等在那里，拉着洪显祖到一旁交头接耳。书记和法官不一会也进来了。洪显祖的律师走到法官面前，对法官说了几句话。法官示意洪显祖站起来，开始问他问题，书记在一旁用速记打字机记录。整个法庭就只有他们几个人。王亚男搂着萱萱坐在最前排，陈泽雄坐在最后一列，葛日新也选择较后的位子坐下。洪显祖和法官的对话，葛日新虽然听得很清楚，却一个字也没听进去。自从知道王亚男怀孕后，离婚官司对他已失去了意义。他只希望这件事赶快结束，他需要好好考虑，今后的路怎么走。他绝不愿王亚男接受洪显祖的赡养费。那还剩下什么可争的？要紧的是他和王亚男如何调整他们的生活。

葛日新习惯性地掏出香烟，把烟送进嘴里，却没有点燃。他不确知法庭里是否可以抽烟。法官还在询问洪显祖。书记慢吞吞以指尖触动速记打字机，两眼半睁半闭，仿佛在弹奏一首催眠曲。另一群男女走进法庭，有五六个人，都安静地坐在后排。葛日新猜想他们是下一桩离婚案件的当事者。在静悄悄的法庭里，仍然听得见窗外的雨声。葛日新记得他们第一次为保卫钓鱼岛举行示威游行，那天也下着小雨。游行那天是星期日，日本商会附近的几条街道湿漉漉的，没有几个行人。只有他们游行的队伍，在空寂的街道上来回走着。一百来个学生呼喊口号的声响，迅速消失在潮湿的空气里。他怀疑有多少人听到他们的怒吼。不会超过二十个人吧？示威目标的日本商会也关了门，所有的职员早就避出去了。尽管他们的呼声没有人理会，他们依旧情绪高昂，在商会门前聚集，代表们一个一个出来演讲，斥责日本的新侵略，誓言要保卫钓鱼岛到底。

群众的力量是奇妙的，葛日新想。你站在游行的队伍里，绝不会感到空虚和寂寞，因为你知道你的伙伴就站在身旁，和你抱着同样的目标，为着同样的理想而奋斗。你可以完全信任他，他也可以完全信任你，你感觉到一股看不见的热流，把你们连接在一起。个人的私心，小我的种种欲望，在那一刹那间全都融化了。你只感觉到大我的存在。群众的目标就是你的目标，群众就是你，你就是群众，你和群众合二为一。

法官的声音，将葛日新唤回到现实里。洪显祖还站在法官面前喋喋不休，葛日新感到十分厌恶，并不是厌恶洪显祖，而是厌恶整个审案的过程。他早该劝说王亚男放弃争取赡养费。法庭是个人主义登峰造极的竞技场。每个人为了自己的利益，费尽心机去伤害对方，打倒对方，互相撕咬，直到遍体鳞伤。法官无动于衷地听着，听令这些自私的人彼此互残。书记打着呵欠记录下私心赤裸的自剖。葛日新极端的憎厌这幕活剧。为什么小我竟这样重要？为什么私心竟能遮蔽一切？

他又想起“钓运”时的情景。只有那一次，他真正看到了希望，他真正看到人们捐弃私心，无保留地为同一个目标而努力。从个人凝聚成群众，从小我凝聚成大我，在崇尚个人主义的社会里，这是多么困难的事。只有那一次，他们竟然办到了。

葛日新记得那次游行的前晚，宋子佳深夜跑来找他，告诉他自己不能够参加示威游行。

“为什么？你是发起人之一，你怎能不去？”葛日新气愤地责备宋子佳。“我不相信你居然会临阵逃脱！”

“你不晓得，我有我的苦衷。”宋子佳满头大汗地在房间里踱来踱去，“我准备回台湾去，好好干一番。如果别人知道我在国外参加过这种游行，对我的前途多少会有妨碍。”

“就为了这个你不去？人人都这样，国家还有救吗？难道一定要等日本人侵占我们半壁江山，我们才奋起反抗？”

“你不要逼我，你不要逼我。”宋子佳喃喃地说，豆大的汗珠不断淌下，“我也很矛盾。我何尝不爱国？可是……我的顾虑比你多。我比你大几岁，在社会上打过滚，比你多知道人心的险恶。……要命的，我真是不知道该怎么说才好。”

“我不逼你。每个人都得自己做决定。明天的事，不是那一个人的事。你有责任，我也有责任，凡是中国人都有责任。我们只有各本良心去做。”

第二天，游行的队伍都快要出发了，宋子佳才急急忙忙地赶来，他看到葛日新，跑过来紧紧握住葛日新的手。葛日新感觉到他的手心滚烫。

“他妈的，我豁出去了，一个人只活一次！”

那天宋子佳喊口号的声音比谁都响。有多少人像宋子佳这样，经过一番内心的挣扎，才决定参加“保卫钓鱼岛运动”？葛日新不知道。有多少人为了“保钓运动”牺牲了学业，牺牲了前途，放弃了个人的事业，葛日新也不知道。但在那时候，个人的前途，似乎变成无关紧要的事。为了卫护国家的领土，为了抗议日本的侵略，一切都可以牺牲！

葛日新记得有一次他和两个同学到一个小城去放幻灯片给那里的中国人看，介绍钓鱼岛和“保卫钓鱼岛运动”的目标。讲演完后，一位六十多岁、满头银发的老医生跑过来作自我介绍，坚持邀请他们住到他家去。他们在萧医生家住了两天。萧医生将小城老一辈的华侨都邀请来，在家里又开了一次座谈会，一下子就捐了四五百元。他们临走，萧医生还一再对葛日新说：

“欢迎你们随时来这里，我的家就是你们的家。我老了，离开中国也有二十几年，抗战那段日子可从没忘记过。难得你们年轻人这样有志气。你们做得很对。你们如果还需要捐款，就告诉我，我一定尽量支持！”

葛日新咬住嘴里未点燃的香烟。类似萧医生这样的人，又有多少？那次“保钓运动”，真正触动了海外中国人的灵魂。葛日新体会到群众运动是怎么回事。分散的个人像无数个方向各异的小磁石。只有通过民族感情的大磁场，这些小磁石才会整齐地指向一个方向，凝聚成一股力量。这就是大我。这就是民族精神的泉源。人的高尚的一面，只有融合在大我里才能更清楚地显示出来。多么神妙的转变！他从“保钓运动”里，认识了人性可贵的一面。人还可以有更高一层的目标。饮食男女，毕竟不是人生唯一的目标。

法官示意洪显祖坐下，轮到王亚男了。葛日新真希望她对法官说：“我不打官司了。”他就可以和王亚男回家去，好好想一下自己的问题。但是王亚男要领回萱萱，就不能不争取赡养费。她何尝不是为未来着想？王亚男反复说过。“事到如今，不能不自私一点。”也许她说得对。他必须面对现实，重视物质生活。他该做什么？和王亚男正式结婚？找到固定的职业？好好养育孩子？做个规规矩矩的自了汉？

葛日新长长吐口气。不，人生绝不止于此。一定还有些别的什么，一定还有些别的什么。

窗外一阵闪亮，接着传来隆隆的雷声，绵延不绝地响着。他免不了又忆起“保卫钓鱼岛运动”最高潮时，在华盛顿的示威游行。他站在公园的草地上，四周都是中国人的脸。一辆辆的巴士还继续驶来，一会又增加了新的一群中国人。人们越聚越多，五百人、一千人、一千五百人、两千人、三千人……

“中华儿女们团结起来！”他仿佛又听到扩音器传出的呼声。

“中华儿女们团结起来！”扩音器又重复一遍。

“中华儿女们团结起来了！”他终于热泪满眶。

五

“中华儿女们团结起来了！”广场中央的扩音器播放着说。“今天我们要向全世界证明，海外的中国人绝不是沉默的一群。今天，全美各地区的中国人几乎都派了代表来参加游行。请各地区的朋友在唤到你们的地区时，就举起手来。华盛顿地区。”

一大群人立刻举起手来，还有母亲抱着孩子，举起孩子胖胖的小手。广场上传来一片掌声，举手的人都高兴地笑了。

“普林斯顿大学。”

“纽约市。纽约市的朋友请举手。”

“康奈尔大学。”

“俄亥俄州。”

“芝加哥地区。芝加哥地区的朋友请举手。”

……

一阵阵热烈的掌声，不停地打断扩音器的报道。人们心里洋溢着一片暖意，有的人指指点点，四处张望，也有的人在队伍间穿来穿去，看看有没有认识的朋友。他们多半立刻发出喜出望外的欢声。

“怎么，老黑，你也来了！”

“咦，小豆子，你们居然也来参加。怎么来的？”

“开车从中部赶来，跑了一天一夜，差点以为赶不到了。”

“周胖，还记得我吗？”

“怎么不记得：两年一封信都没有。我就猜你会来游行。”

“当然，爱国不敢后人啊。”

……

人们一堆堆聚拢来，认识的人眉开眼笑地互相招呼，不认识的人也一下就成了朋友。大家的心情似乎都特别好，只要是黄面孔的同胞，也不管认得不认得，都感到非常亲切，不由得就对他微笑。对方也会含笑说：

“今天来的人真多啊。”

“可不是吗，恐怕有三千人。”

“我看不止，一定超过五千了。”

“有那么多吗？”

“有的。我刚刚数过一次。至少有五千人！”

“真好。从来没有看见中国人那么团结过。”

“真好。真是好。”

……

广场上的人兴奋地讨论着，每个人都希望看到更多的中国人出现。公园旁边的小路上，游客们好奇地驻足观看。没有人在乎游客好奇的眼神，热心的同学还跑过去递传单给他们，向他们解释游行的意义。

“我们是中国人。我们反对日本无理侵占钓鱼岛。”

“请你告诉你的朋友，中国人不是好欺侮的。”

“这传单的意思是什么？人不犯我，我不犯人。人若犯我，我必奋起。”

“中国人是爱好和平的民族。但是我们绝不能容忍日本无理的侵略行为……”

……

游行的队伍终于从公园的广场出发了。担任纠察的同学到处奔跑，人们很快排成三人一排的队伍，一条长龙似的向华盛顿市区前进。有人开始唱《满江红》，不一会从队头传到队尾，大家都在唱。然后有人唱冼星海的《保卫黄河》，会唱的人挣得脸红脖子粗，还尽力在吼。

“风在吼，马在叫，黄河在咆哮，黄河在咆哮……”

唱到最后一句“保卫黄河，保卫华北，保卫全中国”的时候，有人忍不住大声喊。

“打倒日本帝国主义！”

纠察队的同学很快就跑过来，劝乱喊口号的人不要太激动，只有大会颁发的口号才能使用，以免引起不必要的误会。人们随即有规律地喊起。

“钓鱼岛，

我们的！

钓鱼岛，

我们的！

钓鱼岛，

我们的！

……”

六

"钓鱼岛，

我们的！

钓鱼岛，

我们的！"

隆隆的雷声，似乎在重复着记忆里的呐喊。窗外的雨下得更猛，雷声夹杂着雨声，使葛日新听不清楚王亚男和法官的对话。他游目四顾。洪显祖垂着头，不知在想些什么。好动的萱萱从椅子爬下爬上，发出不少闹声。幸亏陈泽雄跑到前座，拿糖果引她，抱了萱萱出去。

陈泽雄这个人不错，葛日新很想找个机会跟他好好谈谈。但是他也感觉得到，他们中间有一道看不见的障碍。陈泽雄对政治问题很敏感，每次葛日新和他聊天，将话题引到政治方面，陈泽雄就显得局促不安。葛日新了解陈泽雄的种种顾虑。他一直想对陈泽雄解释，政治并不是肮脏黑暗的东西，沾不得也碰不得的。"保钓运动"对葛日新最大的影响，也许就是改变了他对政治的态度。"保钓运动"触及千万中国人灵魂深处的爱国情操。没有人蓄意计划，也没有人能够操纵这个运动。从台湾传出钓鱼岛主权问题开始，短短的半年间，"钓运"的火花，如星火燎原般，由台北，而普林斯顿，而纽约，而旧金山，而洛杉矶，而芝加哥，而香港，而回到台北……到处都有保卫钓鱼岛的示威游行。海外只要有一腔热血的中国人，不分年龄、性别、省籍……都不由自主地卷入了这个运动。短短半年间，海外各地出现了百余份油印的“保钓”刊物。这样蓬勃的局面，只有葛日新在书本上读到过的“五四运动”尚可比拟。葛日新从此明白，关心政治并不是可耻的事。每个人都有权利关心政治，也都有责任关心政治。经过“钓运”的洗礼，对葛日新而言，现在只有政治问题是唯一值得关注的问题。自从“保钓运动”以后，他再也无法回到研究室，把全副精力放在钻研学问上面。学问、研究工作、个人的事业……都变成次要的事情。他尝过一次群众运动的滋味，了解了群众的力量。“钓运”的高潮过去了，群众运动却成为葛日新的梦魇。他憧憬着“钓运”时，海外中国人为了一个崇高的理想，放弃个人小我动人的一幕。人只有在献身这样的政治运动时，活着才有意义，人生才有目标。葛日新完全愿意为群众运动献身。

但是“保卫钓鱼岛运动”的浪潮终于退去，原本积极热心的同学一个个毕业，有的回到台湾，有的去了香港，有的在美国找到事情。发展个人的事业，逐渐又成为每个人最重要的目标。葛日新却并没有放弃。他勉强自己念完了学位，却拒绝再做任何让步。他宁可辛苦当小贩维生，也不愿找事去过自己所唾弃的美式生活。他坚持了好几年，内心的痛苦却逐渐加深。他知道自己是为了坚持一个理想。但越来越多的人以疑惑的眼光看他。他仍常常回到学校里主持学生活动，背后却有人骂他是职业学生。他是职业学生吗？他当然知道自己不是，但是有谁会相信他？

和他保持联系的老朋友也越来越少了。每个人都忙于自己的事业。一个同班同学在一家有名的大学已经升到教授了。回到台湾的两个同学，一个当了系主任，另一个做了工厂厂长。同学们个个都春风得意。而他呢？仍然是无职业的小贩。他这样牺牲，究竟为了什么？究竟有什么代价？

葛日新知道这是个人主义社会可怕的吸引力。每个人都被逼着拼命往上爬。在理论上，他完全可以驳斥这种个人主义。人不应该只为自己而活。这样的社会，是不健康的社会。但他无法逃避精神上的压力。尤其他和王亚男结合后，精神的压力更加沉重。王亚男的存在，不断提醒他，他已经有了家庭的负担。他微薄而不稳定的收入，连维持房租都有困难。现在王亚男又怀了孕。他怎么办？在汽车里，他已经决定去找事。但他能够这样就屈服？他能够这样就向这资本主义社会妥协？

他不愿意在美国找事。也许他应该回台湾去？毕竟那是他生长的地方。可是他还能够适应岛内的环境吗？他知道，他的政治理想，他过去活动的记录，都对他极端不利。他爱那片土地，他无时无刻不梦想回去。只有在那片土地上，他能一展所长，才能问心无愧地生活。他热爱台湾，他关怀那片土地。为了她，他可以放弃一切，甚至自己的生命。可是他回去能够做什么？别人肯让他做什么？别人肯给他任何机会吗？

“再有一次群众运动的话……”

葛日新做梦似地想着。他不禁又怀念起钓运来。他强打起精神，注意听王亚男和法官的对话。

七

王亚男机械似地答复法官提出的问题。她对大部分的问题，早已成竹在胸。洪显祖不断施予她种种精神虐待，时常不告而别，又不给她任何零用钱，想要用金钱的力量控制她的一切。她几次出去找事，洪显祖都找到她的雇主故意说她有精神病，使对方不能继续雇用她。他像一个暴君，希望完全支配她的生活，使她变为他的傀儡。她无法忍受，离家出走后，他又不断打电话来威胁她，并且禁止她去探视女儿。法官似乎很同情地聆听着，不时打断她的话，要她提出更具体的证据。王亚男一一圆满答复他的询问。连书记也不时对望她一眼，朝她点头。王亚男感觉自已占了上风，滔滔不绝地说下去。

她知道自己并没有冤枉洪显祖。她所说的事情都有根据，洪显祖想要否认也否认不了。为了这场官司，她暗中计划了好久，即使她请不起律师，她也有十分的把握，不会让洪显祖夺走萱萱。洪显祖的性格她太清楚。她完全了解他的弱点。婚姻生活的唯一好处，就是使一个人有机会观察另一个人最脆弱的一面，因此能够更有效地伤害对方。王亚男并不特别想伤害洪显祖。从某种意义上讲，他是她的知音。他们两人有许多方面都很像，王亚男心里十分明白。他们都是现实主义者。他们都会不择手段地实现自己的目标。但洪显祖对她并没有惺惺相惜的敬意，始终视她为猎获的禁脔。这是她最无法忍受的一点。她从一开始就铸成大错，过早答允和他结婚，从此在他面前抬不起头来。如果她再等十年才遇到他，她已经是成功的职业妇女，也许他会比较敬重她？王亚男对自己说，不必再想，错误早已铸成，一切追悔都无益了。

不，她并不想伤害洪显祖。但她现在已是困兽之斗。这一场斗争，她绝不能输掉，否则就会让洪显祖永远看轻她。她了解洪显祖的手段。如果她输了，不仅失去萱萱，洪显祖一定会造成极不利于她的舆论，使她在哪里都无法立足。如果她赢了，萱萱在她这一边，洪显祖有所顾忌，不能不多少依从她的条件，至少不敢到处破坏她。这是他们最后的一场斗智。她绝不能输。

王亚男又感到一阵作呕，胃里翻滚的都是酸水。法官看她脸色不对，问她是否需要休息一下。她摇摇头。她宁可支撑下去，她的病态会更增加法官的同情。王亚男咬着嘴唇。这一次，她将一切全赌下去了。

值得吗？她可以想象得到，陈泽雄也许又会傻愣愣地问。“这次你不后悔？”这是多傻的问题，偏偏只有陈泽雄会问。洪显祖绝不会问，葛日新也不会。他俩都太骄傲了，骄傲到不会考虑到她的心理反感。只有她自己明白，她这次是一场豪赌。她一直好赌，赌的永远是自己，别人永远不会知道。最可笑的是，当事的两个男人全不知道。

第一次来美国，她才十九岁，还是大三的学生。结婚的念头，从来不曾在脑子里出现过。她只想多看看这个世界，多享受一下人生。洪显祖紧紧追随着她到处跑，她只觉得讨厌，更没有想到会和他结婚。就为了一个不相干的人的一句话，她把自己赌了进去。

那是在密歇根州安娜堡城的一次晚宴里。她已记不清楚为什么会去密娜堡，似乎是国际青年会安排到密歇根大学参观。招待的单位虽是青年会，那次晚宴倒是当地中国教授和中国同学会为他们安排的节目。她觉得讨厌的洪显祖，也如影随形追踪来参加了晚宴。当地中国教授里有他的同学，所以他倒毫不寂寞，在宴会里十分活跃，也没有人怀疑到他是为她而来。她的访问团一共有八位男女同学，女同学里自然以她最为出色。往常每到一处，她总成为男士们注意的焦点。但那天晚上的情形却有些异样。所有的人，包括同来的男同学和洪显祖，都只注意一位当地的女学生。相形之下，她反而黯然失色。那位中国女孩子也只有十八九岁，在密歇根大学念四年级，英语中文都流利动听。在晚宴之前，还演奏了几曲钢琴曲。所有的人都被她吸引住了，连洪显祖也浑忘王亚男的存在，忙着和那位女学生搭讪，两人谈笑风生。席间一位教授，也许是洪显祖的老同学吧，突然冒出了一句：

“金小姐和鲍勃·洪，倒真是郎才女貌的一对啊。”

他这话也许只是为了打趣洪显祖和那个金姓女孩子，并没有多少人注意。只有王亚男突然起了和那位女孩子一较长短的心意。

她成功了，却因此赢得了一场失败的婚姻，只为了不相干者的一句话。

她和洪显祖终于分手，不能不说也是为了他说过的一句话。假如洪显祖不曾说过，像她这样的女人他随时可以到台湾挑一打，他们的婚姻也许不致破裂到无法弥补的地步。

倒也并不完全为了赌气。她第一次在五四纪念会见到葛日新，就震慑于他理想主义的狂热态度。葛日新并不是能够令女孩子一见倾心的男人。但是他登台讲演时，自然流露出一种旁若无人的气概。那天他讲的是五四以来的中国学生运动史。他历述各次学生运动的经过、“五四”和“保钓运动”的关联，讲到慷慨激昂处，便敲着桌子说：

“同学们，我知道大家内心的愤慨。我们的示威游行刚完，美国就宣布把钓鱼岛连同琉球归还给日本。美国怎么有资格处置我们的领土？过去的中国青年，为了保护神圣领土的完整，抛头颅，洒热血。我们要继承这光荣的传统！”

“同学们，你们心里一定有些话，不敢说出来，我替你们说出来吧。丧权辱国的行为，必须严加惩办！谁也不能左右我们。”

葛日新的话，激起台下如雷的掌声。他的确讲出了大家深藏在心底的话，使王亚男不能不佩服葛日新的胆识。

他们真正认识，却是几个月以后的事。曹禺的剧本，在“保钓运动”时突然在留学生中间流行了起来。几出曹禺的名剧，到处都有人在排演。他的剧本和鲁迅的杂文一样，成为大家的必读物。王亚男义不容辞地参加了当地“保钓会”《日出》的演出。尽管洪显祖一再反对，她还是每天去排练。在洛城的演出十分成功，她随即成为中国人圈里经常挂在嘴边的人物。她突然又像当年学生时代一样，无论到哪里都有人指指点点、品头论足地谈她，这使她有一种扬眉吐气的感觉。终于又有人注意到她了！她也不再是洪显祖个人的女奴。她在“钓运”里找到她能够扮演的角色。“女中豪杰”，有人这么捧她，她也很乐意听到这种称赞。从此她不施脂粉，每天穿着朴素的衣服，忙着参加各种聚会，发表有关妇女解放运动的意见。她成了公认的“钓运”领袖人物。

每个群众运动都会产生它自己的神话和英雄人物，“钓运”也不例外。王亚男随着话剧组到处演出，认识了美国西部各地形形色色的“钓运”领导人物，她也参加过许多次他们的集会。她逐渐发现，他们形成一个外人不易打进的小圈子，只有掌握群众，在“钓运”里有表现的人，才能加入。在聚会里，每个人都会一本正经地发表他对群众运动的意见，批判他所反对的倾向。

“我们必须总结群众运动的经验……”

“从群众中来，到群众中去……”

“不要压服，要设法说服……”

在这些冗长的聚会里，王亚男有时不免疑惑，他们嘴里说的群众究竟在哪里？她参加“钓运”在华盛顿游行之后。“钓运”的高潮逐渐退却，海外华人空前大团结的景象正迅速消失。但是这些领导者的心目里，只记得那数千人盛大游行的场面。每个人都口口声声群众如何，好像群众是可以任由他们塑造指挥的东西。但是真正的群众，正如流沙般消失不见。有一次到伯克利聚会时，王亚男忍不住说，不要讲了半天掌握群众，却发现外面根本没有可以掌握的群众吧。她的话，迅即被批判成唯心论的说法。

“群众永远存在。”一个说，“问题是怎样掌握群众，使它产生积极的力量……”

“必须相信群众运动。”另一个说，“要设法总结过去的经验……”

在座唯一支持她的，只有葛日新。

“王亚男说得对。大家参加“钓运”，都是为了一股爱国的热忱。现在热忱慢慢淡了，大家就没有过去那么团结。我们如果不唤醒人们的热忱，群众运动很快就会瓦解。再空谈什么群众，只是搬弄名词，没有什么意义。”

“葛日新，想不到你也会说出这种幼稚的话。”一个胖大的汉子说，“爱国只是一个开端。我们必须把群众运动提升到更高的层次去，使群众能认识事物发展的具体状况……”

“葛日新还有唯心论的危险倾向。你要多向群众学习……”

“我不同意。”葛日新说，“我们是为了理想而奋斗？还是为了操纵控制群众？没有纯洁的爱国理想，哪里来的群众？假如我们的目标不是真正为了保卫钓鱼岛，谁会再支持‘保钓运动’？”

“你不能只谈理想。”一个说，“理想是空洞的字眼。”

“没有理想，哪里来的群众？”葛日新说，“关起门来讨论群众运动，才真正是瞎子摸象呢。”

那天的聚会，结果变为葛日新舌战群雄的局面。王亚男冷眼旁观，对葛日新倒产生了不少好感。其他的人，有的摆出一副高高在上的领袖人物的姿态，有的开口群众闭口路线，目的却在争夺权力。只有葛日新在那里苦口婆心地讲什么坚持理想。王亚男虽然参“加钓”运并不太久，也许是平素受洪显祖熏陶的关系，她很容易注意到人们自私的一面。她很快就看出，“钓运”的领导人物，各人有各人的野心。也许刚开始时，他们都只抱着爱国保土的单纯动机。但是“钓运”意外地团结了那么多人，形成一股力量后，有些人的想法似乎就改变了。王亚男看惯了洪显祖那个圈子里的你争我夺，对“钓运”领导人物野心勃勃的争权，并不感到特别惊讶。她所惊讶的，倒是“钓运”里仍有葛日新这种人，一个劲儿在傻干，不求名也不抓权，只谈爱国的理想。在洪显祖的世界里，她从来没有碰到像葛日新这类人物。她不由得对葛日新感到十分好奇。开完会后，便找机会和他攀谈。葛日新对她讲了一个晚上的社会主义。他们便是这样认识的。

王亚男继续向法官叙述她不愉快的婚姻经历。她讲到如何勃谿时起，如何第一度离婚，如何又再度结婚，洪显祖又如何故态复萌。曲折的故事，似乎引起法官的兴趣。他突然问：

“你们的性生活如何？”

王亚男怔了一下。她没有料到这位法官竟会问这种问题。到底是中国人，她红着脸低下头。法官又追问了一句：

“是否能够协调？”

“不，不太能协调。”她嗫嚅着说，“我们很少有身体上的接触。”

法官没有再问下去。王亚男有些窘迫。她无法在公众场合谈论这种问题。刚结婚的时候，没有旁的比较，她并不知道洪显祖是如何差劲。他并不是完全不行。至少他们还能有萱萱。但结婚这么多年，她一次也没有满足过，直到她遇见葛日新。她虽然常被人议论作风大胆，生命中却只有这两个男人。两人不仅性格南辕北辙，在肉体上也给予她极其不同的感受。有时候王亚男不免怀疑，这是否和个性也有关系。洪显祖做爱和他做任何事情一般，只求迅速了事。有了萱萱以后，他们结合的次数更少，大约洪显祖不愿在无益的事情上面浪费精力。葛日新却不一样。葛日新在精神上和肉体上，都有追求完美的狂热。和葛日新在一起后，王亚男才真正尝到肉体上的欢愉。

但她并不是性欲非常旺盛的女人。她对洪显祖或葛日新，都很少提出要求，只有在对方要求的时候，她才表现出热情。她和洪显祖的关系，因洪显祖不采取主动，常陷于极端冷淡的低潮。和葛日新初次结合时，葛日新的热烈，竟使她感极而泣。她每每在葛日新熟睡后，偷偷注视他的身体。她觉得他只是个大孩子。他甚至不懂得如何掩饰自己的感情。洪显祖远比葛日新成熟，但葛日新却唤醒了她母性的直觉。洪显祖并不需要她，他只要萱萱，葛日新才真正需要她。她宁可和葛日新在一起。她并没有做错。

王亚男答复了法官所有的问题，虚弱地坐下。洪显祖不住地瞪她，她却不予理会。她已经尽了最大的努力。该说的都说了，该做的都做了，让法官宣判吧。她像一个筋疲力竭的拳师，颓然倒在椅子上，等候法官最后的决定。

八

窗外的雷雨声干扰着洪显祖的思潮，使他不能集中精神思考。他几乎无法压抑内心的怒气。混账的天气，混账的法官，混账的律师！法官显然对王亚男十分同情。老头子容易为女人打动，眼前这位法官就似乎被王亚男迷昏了头，竟然问王亚男他们的性生活如何！无耻，真是无耻！他立刻要求身旁的律师设法制止，律师却摇头说不能。这个律师也是孬种，什么事情都不敢做，雇他来干什么？早知如此，他该找克莱顿替他辩护。偏偏克莱顿说没有空，推荐这个肉头，还说他对离婚案件最有经验。有经验个屁！这种做法，十场官司十场输。洪显祖咬牙切齿，暗自决定如果这场官司输了，他第一件事就是请这位律师滚蛋。混账东西，居然敢骗他的钱！

性生活，难道连他的床笫私事法官都要管？太不像话了！幸亏王亚男没有说什么。他对王亚男倒有几分感激。但想到她可能说出的话，他又气愤起来。如果她不跟葛日新跑掉，这种丢人的丑事，就不至于闹到法庭上来。他永远不能饶过葛日新这小子。无论如何，萱萱不能让他们夺走。他已经被整得够惨，再失去萱萱，他真是一败涂地了。

洪显祖脸上热辣辣的，努力寻思对策。遇到这个老色狼法官，算他倒霉。万一判决对他不利，他必须上诉。下次一定要请克莱顿出庭替他辩护。克莱顿神通广大，认识的法官又多，再怎么样，也比眼前这个草包强。

但是万一法官又问起这种腌臜问题怎么办？洪显祖不由得踌躇起来。他和克莱顿以后合作机会还多，不能在克莱顿面前丢脸。也许还是另外请一位不认识的律师比较妥当。多花点钱没关系，还是另请一位对办理离婚案件有经验的名律师吧。

洪显祖愤怒地绞着手。他最恨受窘，想不到竟被老不死的法官击中要害。他这辈子只对这件事耿耿于怀。刚从上海辗转到美国的时候，他进入一家教会大学念书，住在学校宿舍里。同宿舍的美国青年，总是脱得赤条条的去淋浴。只有他，不进澡房绝不脱裤子，即使在洗澡时，也总裹着一条湿毛巾。他和美国女孩约会，从来不及于乱。别人都以为这个中国青年过分拘谨，他自己却心里有数。他不愿被性经验丰富的美国女孩耻笑。他养成了手淫的习惯。他珍藏着一本小册子，贴满画报上剪下来的美女裸照。上厕所的时候，他就带着小册子。事后他常觉得恶心，恨自己不能振作，有一次甚至将小册子烧毁。但不久他又开始偷偷收藏女人的照片。

他第一次和女人发生关系，是在纽约第五街旁小巷的一家旅馆里。他那时已经拿到学位，在西部一家公司做事，奉派到纽约开会。晚上在街上闲逛，意外地被女人拦住了。他记得很清楚，在路灯下她显得很年轻，栗红色的皮肤，一口洁白的牙齿，笑起来十分妩媚。他最喜欢肤色健康的女郎，咬牙跟她进了旅馆。他还没有进入就泄了。他惭愧得想哭，极力向她道歉。她居然一再安慰他，陪他坐着说话，要他不必紧张，拉着他又躺下来。他再度亢奋时，竟能及时进入她，虽然只是极短暂的一刹那，他却感到无比的骄傲和满足。

从此他不再手淫。他学会如何找寻风尘女人。为了钱她们绝不会笑话他。其实他很少真正进入状态。每次找来女人，他往往装模作样了一番，就打发对方走路。那类女人从来不说什么，但每次看到她们点数钞票时暧昧的笑容，他就感到极端屈辱。每次寻花问柳，事后他反而无比沮丧。他从来没有达到初度时的快感。他非常怀念那位引导他成为男子汉的女子。每次经过纽约，他都不忘记到第五街旁那条小巷子里转一转。他从来没有再碰到过她。也许她已经从良了，也许她已沦落到更不堪的地方，可是在他的印象里，他只记得她栗红色的皮肤，洁白的牙齿，以及十分妩媚的笑容。

在美国那么多年，除了妓女，他从没有和其他任何女人有过关系。好在他喜欢工作，多年的训练，逐渐使他能够近乎完全摆脱这方面的需要。他过着纪律化的生活，一切都井井有条。虽然已经四十多岁，他的健康情况绝佳。他认为这和禁欲的习惯不无关系，因此更能坚持独身的生活。他几乎已准备终身不娶。

那次回台湾讲学，遇到王亚男，却使他的独身决心从根本上动摇了。他在一次家庭宴会上碰到王亚男。第一次看到她露齿而笑，他大吃一惊，险些叫出声来。他梦寐所思的笑容，踏遍天下无处觅的笑容，竟然再度出现了。他立刻明白，这是他唯一一次机会，他绝不能够放弃。他终身的幸福，就在这里。

和王亚男结婚，是在拉斯维加城。他本来并没有指望王亚男会立刻答应和他结婚。他一向以擅长冷酷分析闻名同僚，对自己也不例外。他已经是四十多岁的人，王亚男大学都还没有毕业。她并没有理由非要嫁给他不可。想不到第三次求婚，她竟然答应了。他喜出望外，立刻带她从东部直飞拉斯维加城，结完婚后，第二天又送她赶回东部，和青年访问团的其他团员会合。秘密结婚进行得如此匆忙，婚礼当晚，王亚男疲乏不堪地先睡着了。他当时反而有如释重负的感觉。一直到王亚男随青年访问团回台北，他们都未亲近过。

他们真正亲近，还是在王亚男念完大学，飞来洛杉矶和他会合之后。那时他们名义上已经结婚有一年多了。洪显祖怀着忐忑不安的心情，带王亚男回到他精心布置好的新家。那天晚上，他终于鼓起勇气，向她求欢。他进行得很笨拙，幸亏预先服食了各种药物——他费了一年时间，处心积虑收集的药物——他居然勉强完成任务。王亚男呼痛时，他几乎忍不住流下眼泪。太完美了。一切都太完美了。他暗暗向上苍发誓，今生再无所求。

萱萱的诞生，更使他踌躇满志。上苍对他是仁慈的。谁想到他也能过正常人的家庭生活呢？他自觉作为男人的任务已了，又将全副精力转到发展事业上去。对男女之事，他一直深怀恐惧。每一次结合，在他都需要颇大的精神努力，以及药物的支持。他逐渐发现，时常服食药物，对他健康损耗极大。但若没有药物的支持，他绝不敢接近王亚男。他开始给自己找寻种种借口。王亚男事实上对他并无要求，但他生怕她因此不满他未尽丈夫的责任。幸好他一向长于组织计划，他毫无困难地将生活安排得紧凑异常，分秒不漏，使她不断忙碌，不致妄生情欲上的需要。他也不愿王亚男外出工作。他对美国人男女间的随便关系，一向抱着怀疑的态度。他不愿意王亚男跟别人学坏了，他不能冒这个险。他一切都算计好了。他只希望平平安安过一世，和王亚男白首偕老。但王亚男终于还是离他而去。这是谁的错？他究竟做错了什么？难道他奋斗得还不够积极？难道他吃的苦不够多？

他陡然感到自己坠入一个深渊，毫无任何指望，没有任何出路。从青年时代起就伴随着他的沮丧的感觉，这时又袭上心头。他一切都输掉了。一个不属于他自己的过错，却使他痛苦终身，现在还要剥夺他唯一的爱女。太不公平，他喊道，太不公平了！

窗外的雷雨声，逐渐远去。洪显祖木然地坐在椅子上，连法官喊他名字的时候，他都没有注意。身旁的律师连摇了他几下，他才惊醒过来。

“法官要宣判了，请你过去。”

“我知道。”

洪显祖苦笑着，走到法官面前。

九

陈泽雄拉着萱萱，在法院门口踱来踱去。雨已经停了。雷雨过后，景物显得分外清爽。阳光从云层破绽处透出，却看不到雨后的彩虹。门口的屋檐仍在滴水，马路上的积水已经退了。萱萱吵着要出去玩。陈泽雄又塞给她一块泡泡糖。萱萱不满意，正吵闹间，陈泽雄一眼瞥见洪显祖大步从法庭走出来，律师在后面紧紧跟随着他。陈泽雄还来不及问他什么，洪显祖一把抱起萱萱，紧紧搂住，就往外走。陈泽雄连忙追上去问。

"洪先生，里面的事情已经完了？"

洪显祖并不回答，倒是他的律师对陈泽雄摊开手，又耸耸肩，一副无可奈何的表情，也急急忙忙跟随洪显祖走了出去。

陈泽雄想要追出去，又觉师出无名，犹疑间，洪显祖抱着萱萱已经走得无影无踪。他只好朝法庭的方向走，葛日新扶着表妹，刚好推开门出来。表妹脸色苍白，葛日新却似做梦般的表情。陈泽雄不明白到底是怎么一回事，小心翼翼地说：

"洪显祖带萱萱走掉了。法官怎么说？"

葛日新没有回答。表妹对他勉强笑了一笑。

"我赢了。萱萱归我抚养。"

"那糟糕了！"陈泽雄顿足道，"洪显祖把萱萱抱了就跑。

早知如此，我就拦住他。”

“谢谢你，没有关系的。”表妹说，“他迟早得交出萱萱。萱萱也该累了，现在让他带走也好。”

陈泽雄看表妹并不着急，不好再说什么。表妹脸色极为难看，似乎疲惫到极点。他不禁问：

“你是不是累了？要不要出去吃饭，休息一下？打赢官司，真该庆祝庆祝。”

表妹轻摇着头说：

“谢谢你，大雄。实在没什么可庆祝的。我们回去吧。”

最后一句话，表妹是对葛日新说的。葛日新也没有任何兴奋的神色。他机械地点点头，搂着表妹，似乎忘记了陈泽雄的存在，两人慢慢离开法院。陈泽雄站在法院门口，看他俩相依为命似的，渐行渐远。他捏着手里最后一块泡泡糖，还没来得及给萱萱的，现在却用不着它了。他找到垃圾桶，把泡泡糖扔进去。他又凑着水龙头喝了几口冷水，才离开法院。

天色这时完全放晴了。陈泽雄发动汽车引擎，午后的太阳懒洋洋地照耀在被雨水冲刷得干净明亮的马路上。他感到腹中饥肠辘辘，一面将车子驶出停车场，一面盘算着到哪里找个地方吃饭。车子驶上大马路时，他已经打定了主意。

秋分

一

“我们学校的菁华社想请您去演讲，不知道您肯不肯答允？许多同学都久仰您的大名，很想见见您呢。”

女郎一本正经地说，讲话时露出细细的白牙，颊旁隐约显现出一个精致的酒窝。但是最吸引吴寒山注意的还是她丰满的臀部。那天天气很冷，办公室玻璃窗上结了一层薄雾，窗外的景物被渲染成模糊的轮廓。女郎穿着薄呢裙和浅蓝色的毛线上衣，却仍掩藏不住她突出的臀部。吴寒山惊诧于其妇人型的成熟饱满，似乎和女郎稚气的面孔不甚相称。女郎的五官均甚小巧，配合在一起却不失秀丽，虽然并非绝色，倒也别有一番韵味。这是吴寒山当时观察所得的印象。

晚上吴寒山就寝前淋浴时，突然又想起女郎面颊上似乎还有几颗雀斑。吴寒山一向喜欢有雀斑的女孩子。他背对热水龙头，苦苦追忆女郎的面庞，却始终拼凑不成一副完整的画面。

“到底不是什么绝色美人，不然应该会过目不忘的。”吴寒山任凭热水冲击脊梁，以手徐徐按摩腰部，感觉全身舒畅。“可惜当时不会看得仔细。也罢，就去那个学校走一趟……居然连车马费也不付，这个菁华社实在小气……但是看在那几颗雀斑的份上……”

吴寒山内心的交战并未持续很久，因为他随即想出两全其美的办法，可以解决车马费的问题。第二天，他打了个电话给该校的一位教授友人，安排了一个学术演讲。菁华社的演讲则安排在晚间。做了这些预备工作，吴寒山就安心等待再见那女郎一面。

想不到他却失望了。来接待吴寒山的菁华社负责人是个满脸青春痘的蠢大高个儿。吴寒山在菁华社演讲时教室里固然爆满，他的妙语如珠也赢得阵阵掌声，但他始终没有看到那位雀斑女郎。学生发问时，倒另有一位蛮漂亮的女学生举手问了一个肤浅的问题。吴寒山卖个关子，要她在讲演后单独来谈谈，他再详细解释。这是吴寒山常用的一招，也经常奏效。不料会后学生一哄而散，连菁华社负责人也溜得不见踪影。吴寒山只好自己收拾幻灯片，自己问路离开学校。开车回家的路上，吴寒山越想越气。

“美人计，最原始的美人计。这些刚来的中国留学生越来越狡猾，算准了派个女同学来邀请，好说歹说一番，什么名教授都会上钩，连车马费也可以省下不付。辛辛苦苦在台上讲了两个钟头，演讲费却进了他们腰包，现在说不定正举行庆功宴呢！咳，又被剥削了一次。”

吴寒山毕竟是个达观的人，事过境迁，这次小小的不愉快也就忘了。春天来临时，又有邻近许多学校大大小小的中国学生社团来请他演讲，有付演讲费的，有不付演讲费的，有派男同学来邀请的，有派女同学来邀请的，也有派男女同学一起来邀请的，他都一一应付过去。他的演讲仍是那么诙谐风趣，因此前来邀请的社团代表真是络绎不绝了。

一个暮春的傍晚，吴寒山留在学校里批改考卷。工作得疲倦了，便停笔浏览一下窗外天边的晚霞，顿生出尘之想。正在此时，有人敲门。吴寒山开门一看，是久违了的雀斑女郎。亏得吴寒山还记得她——即使不记得，一见她的丰臀，再模糊的记忆也立即对准了焦距。这次吴寒山有了心理准备，不为女郎的丰臀所惑，仔细观察她的脸蛋，果然疏疏点缀着几颗雀斑，其色泽位置都恰好合适，益增女郎秀美，亦令寒山动心。

“吴教授，来打扰您真对不起了。我正在写论文，有一些问题想请教您呢。”

女郎研究的题目是大清律。吴寒山对大清律虽然并没有什么特殊心得，应付女郎的问题还绰绰有余，一面回答问题，一面思索女郎为什么会突然出现。她的学校还在一百里外的另一个城市，女郎毅然前来请益，是否另有用意？吴寒山等待着女郎图穷匕见，然而他却再度失望了。一直到所有问题问完，闲话家常时，女郎始终也没有提到别的事情。寒山忍不住问她家在哪里。原来她全家都已移民到美国，就住在底特律城近郊。她父母只有她一个女儿，几个弟弟还在读中学。

“自从那次听了您的演讲，早就想来请教了。您的学问真好，大家都钦佩极了。”

吴寒山倒不晓得她听了那次演讲。也许她坐在后排人堆里？看她诚恳的表情，不像是编造出来的故事。可能真正是好学青年，莫错怪了她。女郎娓娓而谈，神态颇令吴寒山倾倒。这次不是雀斑，也不是丰臀，反而是她小巧的嘴巴。吴寒山积多年春风化雨的经验，早已练就一套欣赏女学生的作业程序。在课堂里他一向只从事大而化之地整体观察，只有她们单独前来请益时，他才采取各个击破的办法，分开欣赏各部分的美姿。一件完美的艺术品不仅具有整体的美，拆成组合的部分，每一部分也必有其局部的美感，这是吴寒山的美学经验谈。这套欣赏办法的最大好处是不致显得轻狂，注视眼睛时就全神专注欣赏眼睛，注视小嘴时就全神专注欣赏小嘴，知我者谓我心忧，不知我者谓我何求。是以吴寒山意淫多年，从不曾引起非议，这是他做人小心谨慎的地方。再则他除了欣赏，绝不继之以行动。吴寒山知道中国女学生有崇拜教授的传统，许多狡狯的女孩子有意无意试图勾引教授，稍一不慎就会引起轩然大波。吴寒山并非自命风雅之辈，对自己的条件也并无错觉。他的全部哲学无非是在盛开的花朵被摘取前多欣赏两眼，既无损于对方，也不致自己难堪。虽然有时眼见一群群少女离去，吴寒山不无怅惘之感，但总又有新的一群填补她们留下的空隙。第二学期开始，吴寒山讲课的教室里又挤满了人……

那个暮春的黄昏，吴寒山几乎破例。但所谓破例，也不过是要求女郎留下电话号码和地址而已。女郎希望吴寒山提供一些资料，所以吴寒山的要求并不显得唐突。他还当着女郎的面将她的姓名地址电话号码细心抄录在卡片上，放入档案盒的学生栏，以示大公无私。女郎颇为感激，又坐了许久才告辞，吴寒山遂得大饱眼福。那晚雀斑女郎的一句话，事后却令吴寒山把玩良久。

在闲谈时，吴寒山谈到他最近研究的方向以及未来的治学计划。他兴高采烈地讲了半个钟头，最后女郎轻轻说了一句：

“就这样吗？这样就算了吗？”

当时吴寒山并不曾留意这句话。晚上淋浴时，这句话却如暮鼓晨钟般，猛然击中他的要害，几乎使他在浴盆中站不稳脚跟。

“就这样吗？这样就算了吗？”

什么意思？她这话究竟是什么意思？吴寒山匆忙披上睡袍，坐在书桌前，脑袋颇感眩晕，遂连吞下三颗镇静剂。

他是学校里史学系最好的教授，备受同僚推崇，专门著作已有八种。他的讲演口才自然流利，颇为同学爱戴。离退休虽然还有许多年，他已开始计划退休后的研究工作。春蚕到死丝方尽，是吴寒山暗中自况之句。他的道德文章均已足为后世法，虽然有意淫的习惯，究竟和一般老风流不可同日而语。综合而论，吴寒山觉得自己已算得上是个完人。

但是女郎却问他这样就算了吗？是什么意思？他还以为她非常佩服自己的学问，却突然又冒出这么一句话来。好残忍的指控。吴寒山躺在床上，感觉双颊发烧，并不是镇静剂的作用。一股莫名的怒气从心底升起。他想说，他日白发不饶君。但这只是无聊的精神自慰。她听不到这句话，即使听到也不会放在心上。

“就这样吗？这样就算了吗？”

想不到那么小巧动人的嘴里，竟会说出这样的话来。年轻一代的不知感恩，真令吴寒山不寒而栗。教师以肉身布施青年，而青年竟赫然反噬。残忍哪！俯首甘为孺子牛，究竟不是寒山所能做到的。

“就这样吗？这样就算了吗？”

一连几个星期，吴寒山都在揣摩推敲这两句话的含义。他重读自己八本专著，深为自己学问之渊博和治学态度之严谨所感动。他的学问成就岂是一个刚毕业的女生所能否定的？她的话恐怕也不是这个意思。经过吴寒山抽丝剥茧的分析，她的话只剩下一种可能的解释。

她在指责自己恋爱史上一片空白哩。

这个指控，吴寒山不得不承认，是站得住脚的。他结婚多年，一直循规蹈矩，连七年之痒也不曾有过。虽然有意淫的习惯，但行动方面始终付诸阙如。当学生时是否谈过恋爱，吴寒山已不复记忆。自己那时大学刚毕业，住在永和，每天下班就跑到美国新闻处勤读经济史。后来莫名其妙就和房东女儿结了婚，风平浪静至今。他们中间分开过几年，他读完书找到事，顺理成章也就将太太儿子接来。这么多年，竟什么事情也没发生过！

的确不能这样就算了，要行动，一定要行动！

吴寒山毕竟是个剑及履及的实行家。他十分相信意志力能支配一切。以往自己之所以不采取任何行动，并非不能，是不为也。这次他一定要行动了。

对象呢？当然是那个雀斑女郎。解铃还须系铃人。吴寒山并不能十分确定把握自己对雀斑女郎的感觉。他甚至仍然无法完整记忆她的音容笑貌，只掌握了几条线索：雀斑、小嘴、丰臀。但行动的对象必须是她。理由不证自明。

一天下课后，吴寒山做了一桩连自己也大吃一惊的事。他竟冒失打长途电话给她。幸好她不在宿舍，她的室友问吴寒山是谁，吴寒山诿称是她的同学，留了个假姓名。挂上电话，人倒清醒过来。如此荒唐行径，成事不足败事有余。他必须想出更好的办法。

机会终于来临。吴寒山有一同窗老友宋君，过去在台北司法界工作，素有能员之称。后来因为处理大案失当，不得不自动挂冠求去，辗转也出国到底特律来，改行经营房地产，艰苦奋斗了几年，最近生意颇有起色。在同学会上吴寒山听他提起过，公司急需要一位女秘书。吴寒山灵机一动，历史系的毕业生找事并不容易，她一定面临同样的烦恼。何不介绍她去?

主意既定，吴寒山即修书两封，一封寄给宋君，一封寄给女郎。给宋君的是封简单的推荐信。给女郎的信颇费吴寒山一番思量。除了介绍女郎去找宋君，也连带问及女郎论文进度如何，若有问题不妨再来请教自己。措辞十分含蓄得体，可谓无懈可击，又暗暗透露出关心她的意思。如此文章非吴寒山写不出来。他因此得意了许久。

信寄出后，久久没有消息。吴寒山颇感纳罕。这年头的女孩子真不简单，好在自己信中并无半句轻狂，否则传了出去，成为笑柄不说，太太也必不肯干休。但他仍深悔不该写信，白纸黑字落下把柄。这些年轻人其实并无英雄崇拜狂，请他演讲不过是为了满足好奇心而已。如果有一头稀世奇珍的能言猩猩，他们一样会请猩猩去演讲，事后也会向猩猩请益。是了，自己不过是供他们观赏的对象，满足他们的好奇心以后，就丧失了价值。

“可怕！还没出校门就这么现实，将来还了得？”吴寒山颇感愤愤。“这些年轻人，你真心要帮他们忙，反而被他们瞧不起。罢了，从此再别多管闲事。”

吴寒山的愤怒却嫌早熟。第二天他就收到一封字迹娟秀的信，多谢他的关怀，并说不久就会去找宋君。隔了一个星期，宋君果然也打电话来，提起女郎来找过他，并对她赞不绝口。

“一看就是个聪明绝顶的女孩子，中英文根底都不错。我立刻就决定雇用她。多谢你介绍啊。”

吴寒山此计得售，反而若有所失。他不知道下一步该怎么走。教授关怀学生，仅能点到为止。他要向她表示意思，还得再有进一步的行动。他能怎么做呢？吴寒山早已过了写情书的年龄，其他求爱的伎俩他也一窍不通，教授的尊严更使他觉得不能鲁莽从事。吴寒山竟一筹莫展了。

幸好女郎不久就自动来学校找吴寒山，还带来了一篮苹果。

“谢谢您一再帮忙。彼得也要我谢谢您。那里的工作十分有趣，我打算好好干一阵呢。”

吴寒山听了一会才弄明白，女郎口中的彼得即是他的友人宋君。女郎十分健谈，讲起她的新工作更是滔滔不绝。她只做了三天女秘书，宋君就升她为助理，公司大小文书账务都要她来管。

“这比当女秘书有趣多了，我可以学到许多东西。”女郎兴奋地说，眼睛闪动着异彩。“彼得也真需要有人帮他处理这些事情。他这个人最有本领说服人，谈生意是一把能手。但是他不会理财，好些呆账他都没有办法催收，比一千元少的数目，他就说算了算了。我要帮他好好整顿一番才行。”

吴寒山认识宋君多年，一贯的印象是宋君极为精明能干，有些酷吏的味道。女郎口中的彼得却是位宅心仁厚，善良如赤子般的老好人。吴寒山心念一动，暗叫糟糕。莫非女郎竟对宋君有意？自己怎么没有考虑到这一点？宋君丧偶不久，亡妻尸骨未寒，照理说不该心存贰念。但这年头什么都说不准。年轻女郎都爱嫁给稍有地位的中年男人。女郎说不定也在打宋君的主意。人心难测啊！

但女郎怎么会喜欢宋君这种俗物？吴寒山越想越觉气愤难平。即使不提吴寒山对女郎照顾的苦心，论学历，论长相，吴寒山哪点不比宋君强？宋君除了几个臭钱，还能给女郎什么？难道女郎竟不能体会吴寒山的一片苦心？一篮苹果。轻轻松松一篮苹果就此打发掉他？

“这些年轻人，真不知感恩哪！”

晚上吴寒山淋浴时，心情恶劣得无以复加。但他仍相信意志的力量。有志者事竟成。他要奋斗，他一定要继续奋斗。他一面擦背，一面寻思。宋君曾向他提过正在郊区兴建一座购物中心，需要投资。是的，这是唯一的办法。机会是人创造出来的。他要找更多机会接近雀斑女郎。宋君不应该是他的对手。

第二天早上，吴寒山在餐桌上便对他太太说：

“太太，我们去投资房地产好不好？”

二

公园里沿着湖边是一大片枫树林。湖畔的草地上摆着十来张木桌和长凳。他们找到一张较干净的木桌，陈泽雄帮吴太太铺上塑胶桌布，从野餐盒里掏出面包、果酱、洋芋、沙拉、热狗香肠、半打装的可乐和啤酒。吴教授把一包炭块倒在砖灶里，浇上煤油，很快就点燃了火。吴教授说：

“火已经上来，可以烤肉了。”

“急什么？”吴太太说，“王家人都没来呢，主人就急着烤肉，多不好意思。”

“鸡腿一定要先烤，不然又烤不熟。每次都是这样，到最后又只剩下鸡腿没有人吃。”

吴太太端起铁锅，放在砖灶旁的草地上。

“喏，都在这里，你要烤就烤吧，性急鬼。”

“我只烤鸡腿，不动你的排骨，好不好？”

陈泽雄拿筷子把鸡腿夹到烤肉架上，摆了十几只鸡腿。吴教授说：

“够了。先烤这一批。”

陈泽雄将筷子放回铁锅里，站直身躯。公园里已有四五家人在烤肉。风一吹过，传来阵阵肉香。风从湖上吹来，枫树林沙沙作响，金黄色的叶子纷纷飘落，有一片落在烤肉架上。吴教授捡走叶子，拨拨炭火，又开始翻弄架上的鸡腿。陈泽雄还想帮忙。吴太太说：

“让他去弄。你要不要喝点什么？”

“我自己来。”

陈泽雄从桌上拿起一罐啤酒，扳开铝盖，吧的一声，白色的泡沫从罐口涌出来。他连忙凑着罐口喝了一口。遥望远处，湖上白色的帆船隐约可见。风还在吹，满天的枫叶如金雨般落下。陈泽雄不禁说：

“今天天气真好。”

吴太太嗯了一声。吴教授一面翻弄鸡腿，一面说：

“只要不下雨，这里的秋天是不坏的。一旦开始下雨，就一直要下到落云，那才真是秋风秋雨愁煞人啊。”

陈泽雄呷着啤酒，陪同吴教授守着那堆色泽逐渐变深的鸡腿。他趁机仔细打量他的连襟。吴教授身材瘦小，戴着棕灰色的近视眼镜，讲话又快又急，像机关枪般说个不停。陈泽雄来了一天，只有洗耳恭听的份。也幸亏这样，他才没有感到过分窘迫。他并不想来，但明蕙信上仍然不放弃要他继续念书的主张，一定要他去找她的姐姐和姐夫。他虽然心里十分不愿意，为了应付明蕙，只好再跑一趟东部。其实他在西岸的事情已经告一段落。公司派来接手的人上周到了洛杉矶，他应该回台北了。他急着想回去看明蕙和孩子，对吴教授夫妇一字未提念书的事，只当作一次礼貌上的拜访。倒是明蕙的姐姐昨晚问起陈泽雄有没有意思留在美国，把明蕙也接出来。他支吾其辞地说，等到将来再派出国也许可以想想办法吧。吴太太对他的答复显然不太满意。陈泽雄猜想明蕙一定写信请她帮忙过。但是他不提，他们也没有办法进一步建议什么。回家对明蕙可得费番唇舌解释了。

“陈泽雄，”吴教授说，“你在洛杉矶住了一年多了吧？”

“没有那么久。十一个月，还不满一年。”

“啊！”吴教授说，“西部真是好地方。假如不是明瑛反对，我们早就搬过去了。”

“这里不是很好吗？”陈泽雄颇觉奇怪，“风景又好，干干净净的小城，最适宜定居了。”

“这种大学城，没有什么发展。除了一家大学，什么都没有，既没有工业，也没有商业，人口不到一万人。一到寒假暑假，学生都走光了，就成了一片死城。还是大城有发展，可以做的事情太多了！”

陈泽雄困惑不解地说：

“吴先生，你在这么有名的学校教书，在我们台湾人眼光看来，是不折不扣的学人了。你还要做什么事情呢？”

“做生意啊！”吴教授望他一眼，阳光照耀在吴教授的眼镜上，镜片的变色玻璃登时一暗，吴教授两眼一片墨黑，“和你一样，做做生意啊。”

“做生意？”陈泽雄不禁好笑，“我们读不好书的人，才想做生意。你又何必呢？”

“现在可不是万般皆下品，唯有读书高的时代了。你以为美国的教授地位崇高？才怪呢。在美国这个国家，唯有成功的人受人尊敬。所谓成功的人，就是能自己创业赚钱的人。像我们教书的，地位还不如小公司的主管。尤其在这种私立大学，学费贵得惊人，来读书的都是有钱人家的子女，他们才不把教授放在眼里。上学期，我们系里一位新来的教授成绩打得太紧，四年级的学生联合起来到校长那里告了他一状。你猜他们怎么说？他们列举四年来缴了多少学费，认为他们既然出了这么多钱，就该有比较好的服务。教授书教得不好，成绩打得严，他们认为形同诈欺，要求学校退还他们的钱。”

“有这种事！”陈泽雄惊叹，“太不尊师重道了。”

“你跟美国学生谈尊师重道，等于对牛弹琴。他们心里认为我们是替他服务的，一手交钱，一手交货，就是这样的关系。我刚才讲的学生告教授的事，最后学生赢了，校长勒令教授重打成绩。校长事后解释得也妙。他说这几年学生人数一年年减少，每减少一名学生，学校经费就更困难一分，因此劝告大家不要故意刁难学生。他的意思很明白。学生是我们的衣食父母，何必跟自己的饭碗过不去？这么一解释，大家都睁只眼闭只眼，马马虎虎算了。我们学校还算是有名的私立大学。别的学校，一定比我们更尊重学生。最近有一项统计报告，说各大学给学生打A的比例太高。教育家大声疾呼要大家注意教育水准降低的趋势。有什么用？大势所趋，学生就是你的衣食父母，谁敢不多给几个A？”

陈泽雄从来没有听过这种论调，不禁说：

“我们在台湾，还以为美国教育多么进步……”

“我从前也这么想。”吴教授说，“教了这么多年书，现在总算看清楚了。他们其实也没有什么长远的计划。十年前经济情况好，又碰上战后出生的婴儿一下都要进大学，私立大学拼命扩充，州立大学也一窝蜂地增添分校。好了，扩充太迅速，这两年经济情况不好，学生数目一再减少，所有的学校都出问题，关门倒闭的也不少。各学校又一窝蜂地裁减教授人数，努力拉拢学生。他们搞教育这套办法，跟做生意差不多。什么百年树人，不谈也罢。学校只看教授是否能替学校争取到研究经费，教授争取来的研究经费越多，学校的抽头也就越多。有办法搞钱的教授，学校才会另眼看待，加薪升级也快。真正一心想教好书的教员，出论文的数目少了，外面关系不够，反而被同事瞧不起。所以在学校教书，会搞钱最重要，其次是写论文，教书教得好反而成为最不重要的条件。这样本末倒置，你说美国的大学教育有没有问题？我看问题大着呢！”

陈泽雄也无话可说，吴教授继续大发牢骚。

“我们住在这种地方，最是辛苦。有办法的大牌教授，自己有用不完的研究经费，一天到晚在外面跑，今天到巴黎开会，明天去东京讲学，当然生活得很愉快。没有办法的呢？真是坐困愁城。附近又没有工商业，哪里去兼差搞外快？好容易送篇论文出去，还得向系里申请旅费，看系主任的脸色。日子真不好过。所以我一直希望到底特律城的其他大学教书，外面可以发展的机会多，有了好去处，跳槽也容易。最差也可以自己做做生意，开个餐馆之类，也不错了。”

吴太太对陈泽雄扮个鬼脸说：

“他啊，满脑子就想开餐馆，都快想疯了。去年还要投资加州一个餐馆，被我极力阻止。隔了几千里路，怎么管得了呢？被人坑了都不知道。”

“你懂得什么？”吴教授又去翻弄鸡腿。鸡腿已呈琥珀色，发出阵阵香味。“你知道那个餐馆现在多赚钱？我前个月去加州开会，晚上去那餐馆吃饭——还不是周末，星期三晚上。你知道有多少人在排队？四五十个人！我们足足等了一个钟头。我们走的时候，外面还有二十几个人在排队。生意那么好！都是你不肯投资。我早就告诉过你，在加州无论哪里开餐馆，都不会赔本的。”

“为什么不在这里开一个？”陈泽雄插嘴说，“明瑛姐这么好手艺，开馆子一定成功。”

吴太太厌恶地摇头。

“我绝不开餐馆。开了餐馆，一年到头都不能休息。这种钱真是赚得太辛苦了。”

“太太，能够赚钱，苦一点有什么关系？”吴教授说，“你以为我教书赚的就不是辛苦钱了？可惜这里开不成像样的中国餐馆，人口究竟太少，学生又出不起大价钱。现在的两家馆子都是杂碎馆。那种馆子我不开。要开馆子就要开个豪华餐馆，一流的布置，一流的气氛，赚美国有钱人的钱。中国人开餐馆就是不会动脑筋，墨守成规，靠价钱便宜取胜，这种方法太辛苦了。美国人总认为中国菜是便宜菜。你看法国馆，随便去吃一顿，一个人不花上四五十元，绝对走不出来！他们凭什么？法国菜会有中国菜好吃？人家讲的是情调，搞个法国式长廊，雇个三人乐队，就靠这些噱头，美国人还不是乖乖掏钱。所以如果我开餐馆，一定不走别人的老路。要搞，就要搞得轰轰烈烈，不同凡响……”

吴教授讲得兴高采烈，吴太太却在一旁对陈泽雄挤眼睛。

“你不要听他瞎扯。他完全是理论家，除了番茄炒鸡蛋，什么菜也不会做。我跟他结婚这么多年，就没看他下过厨房。这种人还想开餐馆，哼！”

她突然朝树林里挥手。

“喂，德莱塞，这边这边。哟，你今天好漂亮啊。”

陈泽雄回头一看，一位穿白色网球装，肤色漆黑的中年女人朝他们走来，后面紧跟着一位穿短裤的胖子。黑肤妇人和吴太太热情地拥抱在一起，倒使陈泽雄吃了一惊。吴太太拉着黑肤妇人的手，指着陈泽雄说：

“给你们介绍一下。这位是我妹夫陈泽雄，他特地从洛杉矶来看我们。这是王太太，我们都叫她德莱塞。”

王太太斜眯着眼睛打量陈泽雄，又对吴太太笑着说：

“真抱歉，我们来迟了。都是吉姆，一定要跟苏珊打完四场球。我告诉他迟了，他不相信。每次他碰到苏珊，就像被鬼迷住了一样。”

被唤作吉姆的王教授抹着脸上的汗水说：

“你看，她还怪我。她不肯陪我打，我好容易找到一个可以打的对手，还要被她挖苦。”

“谁是苏珊？”吴教授蹲在烤肉架旁问，“我见过没有？”

“哎啊！你这个人真是的。”吴太太说，“苏珊就是他们系主任的太太嘛。”

“霍浦金斯的太太？她也打得动网球？”

王教授说：

“她比我还灵活些。我这一阵子觉得情况不错，想不到还是输了，输得真不服气。”

“你有什么不服气的？”王太太骂道，“告诉你，打球一定要跑。一步都不肯跑，怎么打得好？”

吴教授笑着站起来。

“陪系主任太太打球，应该输，应该输。王兄，这位是陈泽雄。他在洛杉矶做生意，对台湾情形很熟。”

“刚从台湾来的？”王教授伸出手来。陈泽雄握住他肥短的手，沾来一手的汗。“有办法，有办法。现在台湾的年轻人都有办法。做哪一方面的生意？”

“我们进口塑胶原料。PVC，树脂，PE这些方面。还进口一些药材。出口那就很杂了。塑胶用品，玩具，自行车配件，都做一点。”

“好极了。好极了。”王教授似乎心不在焉，突然转头对吴太太说，“辛蒂，告诉你一桩大消息。如果我不是亲眼看到，我一定不会相信的。”

王太太一听，咯咯笑了起来。

“吉姆最爱管人家闲事。我早就猜着了，有什么大不了。只有他才会穷紧张。”

吴太太连忙追问：

“什么事情？什么事情？”

王教授看了陈泽雄一眼，说：

“有关人家私德的事，我还是不要讲吧。”

“没有关系，陈泽雄是我妹夫，不是外人，他不会乱讲的。”

陈泽雄也不明白他们在讲什么，忙笑着点头。王教授又故意神秘地朝四面看了一番，正要开口，王太太抢着说：

“吉姆昨天晚上去学校，在校园里看到刘维国和金玉琴在一起，两个人很亲密的样子。”

“原来是这个，我还当是什么大新闻。”吴太太失望地说，“他们早就要好了嘛。上次游园会，我看到刘维国那个样子，就明白一大半。”

“你看，辛蒂也猜到了。我告诉你，别人都不像你那么笨，你还不相信。”

王教授被抢白了一顿，说：

“让我讲好不好？让我讲好不好？他们两个不只是要好，而且还……很要好。”

“要好就是要好，还分等级的啦？”王太太不屑地说，“大不了上床，有避孕药，又怎么样？”

王教授无可奈何地说：

“好，好，我讲不过你。”

陈泽雄听得莫名其妙。吴教授笑着拍拍他肩膀。

“我来解释给你听。刘维国是这里一位教授，金玉琴是他的学生李海文的太太。李海文念完书就回台湾，他太太不肯回去，两人大闹一场。李海文一怒撇下金玉琴走了。刘维国看不过眼，常常去照顾金玉琴。想不到日久生情，他和金玉琴便要好了，就是这么一回事。”

吴教授刚说完，吴太太和王太太同时叫嚷起来。王太太嘴快，抢着说：

“你讲得不对，完全不是这么回事。金玉琴老早就和李海文不合，那时刘维国就常去安慰她。他们算是远房的亲戚。李海文回台湾是导火线。即使他不回台湾，他们也会闹开来。”

“还有刘维国的太太呢？”吴太太说，“我最同情她了。金玉琴真有办法，那边走了一个，这边就来了一个。只有淑华最倒霉。他们有三个小孩呢！刘维国懂得同情金玉琴，对自己太太就不懂得同情。这种人真差劲。”

“我们学校这两年也真奇怪，中国人圈里尽出桃色新闻。”王太太说：

“还有什么桃色新闻？”吴太太兴趣又来了。“我知道不知道？”

“你应该知道吧？机械系的冯教授不是跟一位东方图书馆的胡小姐谈恋爱吗？亏得他太太还忍耐得住。要是我，一定把他赶出家门，不许他回来。”

“不用赶，他自己会走。”王教授抚摸着凸出来的肚子说：“老冯最近拿到一大笔研究补助费，暑假带了胡小姐回台湾讲学去了。听说讲学三天，人家出一千美金加上来回机票！够他到日月潭度蜜月了……对不起，不是度蜜月，我意思是……”

“宿奸，什么度蜜月！”王太太瞪了丈夫一眼，王教授不敢再说。吴教授叹口气说：

“他们都有办法，搞来搞去。王兄，就剩你我两人了。我们搞历史的人真是死路一条。王兄，你们学经济的应该有戏唱啊。现在台湾经济起飞，最重视经济人才，你也找个机会回去风光风光吧。”

“我不成。”王教授连连摇头，“回去的也限于那个小圈子里的人，我挤不进去。算了，就在这里安分守已，做个化外良民吧。”

“你还是给我安分守已些。”王太太说，“口才既不好，又不会钻也不会拍，你回去干什么？回去乱搞女人？小心你的脑袋开花！”王教授一缩头，几个人都笑了。陈泽雄趁机走开。他踱进枫树林，沿着林中的小径走到一块空地。空地中央架着一台小小的轮转木马机，圆圈排着七八匹木马，木马上却空无一人。一个七八岁的小女孩牵着一个更小的男孩，站在一旁观望。陈泽雄走到女孩身旁，拍拍她的头：

“你要不要坐上去？”

小女孩抬头看他，小男孩也跟着抬头看他。陈泽雄替两个孩子付了钱，把他们抱上木马。轮转机开始缓缓转动。扩音器从树梢播放出钢琴的音乐。陈泽雄看孩子们转了一圈又一圈。女孩对他招手，他也招手回应。木马慢慢停了下来，女孩牵着弟弟的手一溜烟跑掉了。陈泽雄沿着小径走回野餐区。吴教授手里拿着一个金黄色的鸡腿，对他挥舞着。

“来得正好，肉都熟了，我们边吃边聊。王兄和我想请教你一下外销生意的秘诀呢。”

王教授听到了，对陈泽雄严肃地点点头，一面将排骨慢慢地往嘴里送。

三

他们回到吴家已是下午三点多钟。吴家的两个男孩躺在客厅地毯上，聚精会神地看电视上的棒球赛，大人进来了，他们头也不回一下。吴太太拉着王太太去看她的菜园，三位男士就进了吴教授的书房。吴教授清开两张椅子上堆的书，让王教授和陈泽雄坐下，自己斜倚着书架，点燃烟斗里的烟丝。王教授东张西望，笑道：

“寒山兄，谈了半天生意经，我看你最感兴趣的还是书本。你这里好像又新添了不少书。”

“没有什么新书。我暑假里懒得去学校，把研究室里的书搬回来一部分，开学后却没再搬回去，所以显得挤了些。”

因为是在室内，吴教授的眼镜又变回淡淡的灰色。他从书架上抽出一本书，递给王教授。

“看过宋大端的新书没有？写得相当严谨。这位老先生，做人不敢恭维，做学问却的确有他的一套。”

王教授随手翻了翻，说：

“听说他暑假又到大陆去了一趟。这次不知周恩来有没有接见他。”

“八成没有见着。如果见到了，回来还会不吹嘘吗？”吴教授喷出一口烟，又说："从前他每年回台湾讲学，台湾把他捧成什么似的。那时候谁要对他说共产主义好，他立刻就要跟人家吵架。没想到我们学校第一个回大陆的也是他。现在嘴里的话可全反了过来，又口口声声说共产主义好。这个人变得也未免太快了一点。"

"这就叫作以今日之我与昨日之我交战，哈哈。"

"说起来也真够讽刺。你记不记得前几年，这里的学生搞'保卫钓鱼岛运动'的时候，反对得最厉害的就是宋大端。他系里有学生跑去参加'保卫钓鱼岛运动'，听说他硬是不给学生毕业，把人家逼走了。"

王教授把书还给吴教授。

"可惜那位学生走得早了一点。假如肯再多留一年，宋大端不但不好意思赶他，恐怕还要引为知己呢。"

陈泽雄忍不住插嘴问。

"吴先生，你们这里也有'保卫钓鱼岛运动'？"

"怎么没有？闹得真凶。中国学生差不多都参加了。闹得最起劲的时候，不但在校园里天天开会，还租了巴士去华盛顿参加那边的大游行。大家还上书要求政府出兵保卫钓鱼岛，许多教授都签了名，我也签了。王兄，你签名了没有？"

"当然也签名了。"王教授说，"我从来不管政治，只破例过这一次，做过这一件蠢事！"

陈泽雄觉得很奇怪。

"王教授，你为什么说是蠢事呢？"

王教授想了一下，才慢吞吞地说：

“也许不能算是蠢事。当时我觉得很有道理。保卫国土，谁能说不应该？想不到我们都受人利用了。我最恨被人利用。尤其那次真是把心掏了出来，结果落得这个结局！寒山兄知道我的脾气。我这个人很不容易动感情，人家骂我老油条，我也不在乎。只有‘保卫钓鱼岛运动’那一次，看到大家爱国那一股真情，连我都被感动了，签名不算数，我还到处捐钱。哪个地方的学生成立了‘保钓会’，我就偷偷化名寄些钱给他们，一心希望大家都热心地干。结果怎么呢？‘保卫钓鱼岛运动’本身不了了之，只便宜了一批左派，拿‘保卫钓鱼岛运动’作为进身阶。我想起来就生气！我是再也不会上当了。现在学生有时还来找我，说又要发起这个，举办那个。我都对他们说，不必再来找我。我这辈子再管一件中国的事情，我就是混账王八蛋！”

王教授越说越气，竟然脸红耳赤。吴教授点头叹道：

“也难怪你这么气。‘保钓运动’以爱国保土运动始，结果却演变成左右斗争、兄弟阋墙的一场悲剧，确实使绝大多数单纯为了爱国而参加‘钓运’的人痛心。‘保钓运动’的变质，正如你所说，使许多人发誓不再过问政治。依我的看法，‘保钓运动’反而使海外华人更加分裂。原先团结爱国的精神，完全丧失了，实在可惜。我是研究历史的，总忍不住要拿五四运动和‘保钓运动’比较一番。两次群众运动，同样以爱国保土为出发点。五四运动结果对中国产生这么巨大的影响，‘保钓运动’却成为一次流产的青年运动。为什么？实在值得研究研究。”

“有什么好研究的？”王教授愤愤不平地说，“‘保钓运动’完全被出卖了，我们都受到了欺骗，只便宜了宋大端那种人。

你有没有看到他在《七〇年代》上面发表的文章？当初他那么反对‘保钓运动’，现在写文章总要带一笔，暗示‘保钓运动’他也有份，事实上根本是他的杰作。这种人真是无耻！”

“并不那么简单，并不那么简单。”吴教授说，“任何时代都有投机取巧的人物。参加‘保卫钓鱼岛运动’的一批青年人，相当一批你我都认识。我十分相信他们的诚心。他们愤怒的呼喊，没有人加以理会，促使他们越变越激烈，有的甚至不惜和自己生长的地方一刀两断。这些年轻人都在家乡长大，怎会不爱家乡？无论如何也有很浓的感情。他们被逼走上自我放逐的路，错误不完全在他们。这些人里面，相信后悔不能回家乡去的，一定很多。”

吴教授呼噜呼噜地抽烟，半晌说：

“王兄，你我也不必发牢骚了。我们其实只算是冷眼旁观者，并没有真正牺牲什么。最惨的还是那些学生，为了参加‘保卫钓鱼岛运动’，书不念了，学位也不要了，现在却有国归不得，他们才倒霉呢。”

陈泽雄听他们两人说了半天话，终于忍不住又问：

“吴先生，现在这里的中国学生是不是完全不过问政治了？”

吴教授没有回答，王教授倒说：

“关心政治的学生还是有。他们各有各的组织。好像就是在‘保钓会’瓦解分裂后产生的。有的组织叫国是研究社。还有一个组织叫什么来着，寒山兄？”

“中流杜，”吴教授说。

“老余还告诉我一桩妙事。”王教授说，“他手下的中国学生最多。有一次他请学生吃饭，六个学生偏偏要分开坐两部车子，真是不像话。后来老余就告诉他们，干脆还是开一部车子，一派的坐左边，一派的坐右边，这样也不致丧失立场。”

“哈哈。”吴教授干笑两声，又叹口气，“实在无聊极了！”

“夏天少棒赛在威廉波特比赛的时候，中国人自己还打了一场架，这回警察居然出动直升机到现场维持秩序。我们学校有几个学生还挂了彩回来。”

“这种事情我听都不愿意听，太叫人伤心。”吴教授对着烟灰缸敲出烟斗里的残灰。“一代代彼此互相伤害，如何了结？不谈了。陈泽雄，我们还是谈谈生财之道比较有趣。”

“谈到生意，寒山兄，听说你最近投资房地产，赚了一大票。有这回事没有？”

“投资是有的，赚钱倒还未必。我在底特律有位好朋友搞这一行，一定要我加入股份，我没办法只好投资了一点钱。可是今年美国经济情况不好，汽车卖不出去，底特律城受影响最大，许多工人失业，那处的房地产当然也就好不起来。当初真应该往加州投资才对。现在只好等明年了。”

“都是越战的关系。我早就说过，越战是不能打的，对美国经济影响太坏了，可是许多搞经济学的同仁还不肯承认……”王教授喋喋不休地继续讲着。陈泽雄无聊地朝窗外望去，绿色草坪上摆着两具自转喷水器，对着天空洒出一片片的密集水点，有时还会出现短暂的彩虹。屋子周围似乎都很安详宁静，陈泽雄却有一种窒息气闷的感觉。还是回家吧。他想。还是回家吧。

四

吴寒山赶到会场时，屋子里面已经黑压压闹哄哄地站满了人。吴寒山眼睛不太好，一时竟谁都认不出来，站在门口发怔。幸亏主人华君不知从哪里钻出来，拉住他的手，热烈地说：

“寒山兄，现在才到？我们都在等你。路上没问题吧？嫂夫人怎么没有一起来？”

“她身体不舒服。真抱歉，迟到了半个多小时。”

“没关系，大家都在聊天，还未上菜呢。”华君突然压低了声音说，“今晚人比较杂。刚巧有一个台湾来的贸易访问团到底特律，不好不邀他们。还有几位手工艺品商，却是专门做大陆生意的，所以最好多谈生意，少谈政治。”又提高嗓门说：“等会是自助餐，简慢简慢。下次你来，我再请你去城里吃小馆，最近新开了一家四川馆，还不错。”

“宜宾兄来了没有？”

“宋宜宾？早就来了，早就来了。就在那边。”华君随便用手一指，吴寒山没有看清楚，正想再问一句，华君道声失陪，又钻进人堆里。吴寒山没有办法，只好也挤入人丛，朝着华君所指的方向移动。幸好他不久就发现雀斑女郎站在人堆一角，浅笑着不知对谁在讲话。吴寒山心跳陡然加速，奋力挤过去，走到女郎面前她才注意到他。

“吴教授，你也来了？彼得正要找你。彼得！”

宋宜宾果然循声而至，手上端着一杯饮料，对吴寒山点点头，却转头先对女郎说：

“苏茜，去打个电话给迈克。你知道该怎么讲？走廊里有公用电话。”

女郎一扭丰臀便出去了。吴寒山对女郎的高度服从大感吃惊，一股醋意顿时冒上来。宋宜宾却似乎毫无所觉，按着吴寒山的肩膀说：

“老吴，有好消息告诉你。有人愿意出高价买下我们的购物中心，这几天就可能签约。”

“真的？太好了。我还一直在担心血本无归呢。”

“老吴，跟我合伙做生意，怎么会血本无归？未免太小看我了。大嫂呢？”

“她没来。谁要买购物中心？”

宋宜宾讲了几句话，屋子里太吵，吴寒山一句也没听清楚。宋宜宾便凑在他耳边说：

“就是那几个台湾来的商人。我们要不要过去跟他们聊聊？”

吴寒山随宋宜宾挤到屋子另一角，加入那堆一律穿铁灰色西装的台湾商人的聊天阵营。吴寒山印象里刚从台湾来的学生总是既黑且瘦，有棱有角，举止羞涩。而眼前这几个商人却是红光满面，穿着极考究的定做西装，讲话的声音绝不比四周任何人小声。因为刚下课就赶路来底特律，吴寒山穿了件破旧的夹克，连领带也没打，颇有些自惭形秽。宋宜宾替他一一介绍。王姓商人是面粉厂老板，金姓商人是肉商，另一位朱总经理则是市议员。吴寒山手里立刻多了一把印满头衔的名片。他自己掏了老半天口袋，一张破纸片也掏不出来，只好打个哈哈说：

“今天出来得匆忙，忘了带名片。我在附近的西南大学历史系教书。”

“吴兄是历史系的名教授。”宋宜宾立刻帮他吹嘘，“中国法律思想史权威。美国研究中国法律思想史方面的专家要数他第一了。”

“专家，专家。”几位商人都言不由衷喃喃地说。吴寒山左顾右盼，不见女郎的倩影。只好强打起精神，听宋宜宾和几位商人聊天。宋宜宾正在问他们前一阵在欧洲的情形，几个人一提起欧洲就眉飞色舞。

“欧洲真好，比美国好多了。”朱总经理说，“哥本哈根就比美国哪一个城都好玩，有几条街专门卖那些杂志。吓，真是花样百出。”

“巴黎也好。”王姓商人插嘴说，“法国的女孩子都不戴胸罩，走起路来……哈，哈，真好看。”

“美国女孩子不戴胸罩的也不少，尤其在校园里面。”不知怎的，吴寒山竟觉得必须挺身而出为美国辩护，“我也去过欧洲，还是比美国落后多了。别的不讲，旅馆就比美国差。你在美国住什么旅馆都附设有浴室。欧洲旅馆就不成，通常都没有浴室。你要浴室还得另外加钱。”

“那要看什么价钱的旅馆了。”朱总经理说，“三颗星以上的旅馆，每间房间都一定有浴室。我们在里昂开会时住的旅馆那才叫豪华。家具都好像是十九世纪的古董，坐起来不舒服，可是实在很够派头！”

朱总经理还没讲完，其他两个人都笑了起来。吴寒山以为他们在笑自己，不由得面上发热。金姓商人笑得前仰后合说：

“都是老朱，一定要跟日本人比。我们本来住在那家旅馆最底下一层。后来老朱发现日本人住在三楼，就说，为什么我们要住在日本人的下部？哈哈！住日本人的下部。老朱坚持要换房间，结果我们统统搬到五楼，多花了好些钱。都是老朱的主意。”

朱总经理眨巴着眼睛说：

“我说得有没有道理？为什么我们要住在日本人的下部？他们又喜欢随地小便，一不小心……哈哈！我这个人民族意识最强。既然代表自己人出来开会，就绝不要输给日本人。比气势，比派头，都要把他们压倒。老吴，我说得有没有道理？”

吴寒山没有料到朱总经理会直唤他老吴，只好说：

“有道理，有道理。我很同意你的做法。事实上，我也最反日的。几年前这里有个‘保卫钓鱼岛运动’，我也……”

几位商人没有注意到吴寒山的话，却因王姓商人的一句黄笑话又笑得前仰后合，宋宜宾也陪着在笑。吴寒山实在忍耐不下去，觑个空溜开。屋子里的人堆这时稍稍分散。吴寒山注意到侍者正端菜出来，摆在大厅中央的长桌上。他便挤过去排队，领了纸盘和塑胶刀叉，胡乱夹了几样菜。本想再拿一杯饮料，斟酌形势，实在分不出手来，只好暂时放弃。他游目四顾，屋子内几十位客人居然没有一位认得的。回去加入宋宜宾的圈子，吴寒山又觉得心有不甘，索性躲到较冷僻的一角，自顾自啃起炸鸡腿，却听到身旁有人在讲话。

“周恩来总理我还是上次去北京时见到的，难得他老人家那么大岁数精神还那么旺健。这次去，只到广州和上海两个地方，大部分时间都在广州，办了一大批货回来。年底打算再回去一次，这次准备去北京。你们有什么意见，尽管告诉我好了。我会反映给周总理做参考。”

吴寒山忍不住偷眼瞧讲话的人，是个矮矮胖胖、五十岁左右的老者，面孔有些浮肿，目光倒炯炯有神，声音也很洪亮。围着的几个人年纪较轻，但也看不出是学生还是什么身份。旁边的人说了几句什么，老者又说：

“这都是谣言，你们不要相信外国通讯社的消息，要等着听北京的消息才算数。办事处里的人我也熟，前几天在华盛顿还见到。他们都说，国内形势一片大好。外面的传言，都不是事实。”

停了一会，老者再度开始讲话，这次却是谈在海外搞礼品店的甘苦，生意如何难做。吴寒山听了一会，觉得无趣，正想走开，又听到老者说：

“台湾货？台湾货我绝不卖！我早就和台湾方面划清界限了。谁说我是靠卖台湾货起家的？我从来没有卖过台湾货。东西还是祖国的好。就拿玉器和瓷器这两样来说，祖国货就没得话讲。现在外国人又都喜欢买。这些东西本钱虽然大，可是只要卖一套，你就可以赚上……”

老者又停口不谈。吴寒山晓得再听下去也听不出所以然来，决定还是去拿杯橘子水。这时背后有人唤他。

“嗨，吴教授。”

吴寒山转身一看，雀斑女郎正盈盈笑着。他心里一甜。认识这么久，女郎始终唤他吴教授，他总嫌太生分了。今晚听到她唤吴教授，却令他精神一振。

“你回来了？电话打通没有？”

女郎小嘴一撇，说：

“彼得就是太紧张了嘛，其实根本没有事情。走廊电话不通，还害得我跑了两条街去外面打，冷死人了。”

吴寒山注意到女郎只穿了袭晚礼服，在这深秋晚上跑出去打电话，的确单薄些。

“你不早说。我可以开车送你去。还冷不冷？”

“进来就好了。彼得呢？”

“在那边聊天。”吴寒山怕女郎走开，忙说，“一群市侩，跟他们没什么可聊的。我就讨厌这样的生意人。”

女郎抿嘴一笑。

“生意人？吴教授，我觉得你对做生意也很感兴趣嘛。”

“感兴趣是感兴趣，不过我至少不至于像那些人一样的俗气。到底我还是读书人，三日不读书，就觉得言语无味，面目可憎。”

女郎又抿嘴一笑。

“吴教授，我也打算再回学校念书呢。可能做完这个月，就不在彼得那里做了。”

“为什么？”吴寒山大感诧异，“你不是做得好好的吗？宋宜宾对你……对你也不错，是不是？”

“是呀。在彼得那里做也没有什么坏处。可是，我总不能一辈子这样下去。彼得是非常主观的人，对下属要求很严。你看，我不但白天要替他工作，晚上有时还得陪他出来应酬，结果我自己一点时间也没有。做一年事很好，我也学到不少东西。现在我却又想回去念书了。”

吴寒山静听女郎述说，心中有无限快慰。听她的口气，对宋宜宾并不满意。这么看来，他们中间大约不致有什么瓜葛。女郎还想读书，证明她仍向往知识，重视知识……难怪她一直唤自己吴教授！可见她对自己一直有好感。吴寒山又想起女郎第一次前来请益时试探自己的话。今晚她对自己说未来的计划，是否又是一种试探？可切莫辜负她的苦心啊。

“你要回去读书，彼得……宋宜宾知道不知道？”

“他还不知道。我准备慢慢跟他说。他也许会不高兴。你觉得呢？”

原来自己竟是她推心置腹之人。吴寒山感激万分，忙说：

“他不会不高兴。不过你的做法很对，可以慢慢对他讲。你准备去哪里念书？”

“我想去西部。我还没有去过西部。底特律太冷，我也想换换环境。”

“哦。”吴寒山倒没有想到这一层。当然，她不必再留在底特律。那么……“你有没有考虑过西南大学？其实我们学校历史系很不错。”

“不，我不想再读历史了。我想改行念商业管理。这一年来，我发觉我对商业管理还很有兴趣。你不会认为我也很市侩气吧？”

“那怎么会！”吴寒山连忙表示抗议，心里却不禁有些失望。“能继续读书，总是好的。商业管理也是……很有前途的新兴科系。”

“我也这么想。”

“寒山兄，原来你在这里啊。”主人华君不知从哪里又钻出来。“吃点东西没有？若不好，请多多包涵。我给你介绍一位朋友，请过来一下。”

华君硬拖开吴寒山。吴寒山心里虽然不愿意，也只有跟他去。原来华君给他介绍的正是刚才在吹嘘认识周恩来的老者，名叫洪洋，在纽约经商。吴寒山已经领教过洪洋的口才，本想敷衍几句走开。洪洋知道他是学历史的，却硬缠住他不放，要跟他辩论近代史的几个问题。吴寒山碰到这等妄人，也只有自认倒霉。好容易脱身，再想找雀斑女郎，却无论如何也找不着了。宋宜宾还在和台湾商人聊天。吴寒山问他看到女郎没有，宋宜宾说她有事先走了。吴寒山若有所失。这时客人已渐渐开始告辞。吴寒山发现洪洋还在注意自己，生怕又被他缠上，也推说要赶路回家，辞了宋宜宾和主人华君出来。

开车回家的路上，吴寒山细想今晚和女郎的对话，越想越觉得回味无穷。女郎的话似乎富有无限暗示性。她若不对自己有意，不必说这些话。她说要去西部，当然是另外一种试探。他不由得又想起女郎的话。“就这样吗？这样就算了吗？”

当然不能这样就算了。他不能辜负女郎一片苦心。他必须对女郎有所表白。即使为她身败名裂，亦在所不惜！

吴寒山回到家里，两个男孩早已睡了。太太被他吵醒，跑出来骂他关门声音太响。吴寒山看到太太蓬首黄面的怒容，对女郎怜香惜玉之心更油然而生。的确不能这样就算了！

吴寒山冲完澡，漱洗完毕，太太又已躺回到床上。他突然想起一件事。

"咦，陈泽雄呢？"

"亏你现在才想起问客人在哪里。"太太没好气地回答，"走了。晚上我送他去车站，他说要到安娜堡看朋友。"

"去那里干什么？这个人也真奇怪。今晚是底特律所有工商界中国人的大聚会。他想做生意，就应该跟我一起去看看，至少可以多认得几个人。"吴寒山违心地说，"我一直说要带他去，他偏不肯。这个人真怪。"

"反正不是你的亲戚，用不着你来操心！哼，放着客人在家里不照顾，偏偏要开一百里路去底特律。我看你这个人才真怪！我就不知道华亦仁的饭有这么好吃！"

吴寒山懒得和太太继续拌嘴。他躺在床上，眼睛直瞪着虚空，女郎的倩影又浮现在眼前。

的确不能这样就算了。

五

“这就是那年我们在安娜堡开国是大会的地方。”

陈泽雄站在操场的尽头，一股黄沙从脚底卷起，呼啸着在操场的中央形成一个袖珍的龙卷风。操场过去便是两排军营似的洋铁皮屋顶房屋，显得很朴实无华。陈泽雄觉得这地方倒很像新竹。他转过头问陪他来的林欣。

“你们怎么会选择这地方开国是大会？”

“我也不记得了，好像是因为租金便宜吧。这是一所教会的产业，常常借给人家办夏令营之类的活动。居然会借给我们，办一个政治性的国是大会，恐怕教会里的人也没有想到，这地方会变成‘保钓运动’分裂的决定性地点。”

林欣手一挥，手臂在半空中画出一个圆弧，又慢慢落下来，显现出迷惘的神情。陈泽雄现在已不感觉奇怪了。他看到金理和、葛日新、施平提起“保钓运动”时，都浮现同样复杂的神情。也许这是所有曾参加“保钓运动”者的共同特征吧？

“你看到那个大礼堂没有？那就是召开国是大会的地方。来参加的人就住在那两排营房里面。那时候可真热闹！各路的英雄好汉都到齐了。从全美国各地，都有留学生赶来。有钱的坐飞机，没钱的便连开几天几夜车子，或者搭灰狗客运汽车赶来。有好几百人呢！有的全家大小一起赶来参加。左派的、右派的、中间派的……全到齐了！全到齐了！以前没有过这样的国是大会，以后恐怕也不会再有了。”

林欣用脚踢着操场上的小石子，自己笑了起来。

“国是大会。好伟大动听的名称。好像我们这些流落异乡的留学生真能够决定国家大事，真正能够为中国的未来讨论出一个方向似的！不过至少那时大家都是真心诚意，以为群众运动才刚刚开始，我们能为中国真正做一些事情。不管你的政治信仰是什么，你都恨不得把心掏出来，设法说服对方。”

“会议是谁主办的？”

“主要是在密歇根大学读书的同学，但是每个地方的‘保钓会’都有联络人，不然也不会这么顺利举办成功。”林欣说：“那时候很有意思。开会的三天期间，所有伙食都由大会筹备处供应。管伙食的就是我和另外几个朋友。本来预计有七八十人吃饭，没想到一下来了这么多人参加，简直不知道该怎么办才好。我们只好在会场征求大家志愿帮忙。结果几乎所有来参加大会的太太小姐都自告奋勇来帮忙煮菜烧饭，吃完饭就有人自动去洗碗，没有谁下命令，事情就这样办成了。大家自然而然地有一种在一起的感觉，现在想想实在很奇怪。”

“葛日新也参加了吗？”

林欣似乎早料到陈泽雄会问这个问题，点点头说：

“当然，他那时是‘钓运’的英雄人物呢。他是主席团成员之一。他进会场的时候，会场都一致鼓掌，真是威风十足。不过到了会议第二天，左派控制会场的企图越来越明显的时候，我就忍不住和他吵了一架。”

林欣似乎生怕陈泽雄误会，很快又接着说：

“并不是因为有什么个人因素，我才和他吵架。实在是因为左派搞得太不像话了。密歇根大学的‘保钓会’里，左右中各派都有，像我就算是中间派的，但是大家相处得还算融洽。开始组织‘保钓会’时，大家就讲明了，只谈爱国保土，不许打出任何旗号。起初大家都能遵守这个原则。筹办国是大会时，我们原先打算举办一个真正开放的讨论会，各派都能自由发言。开始时我们邀请的各讨论小组主持人，各派人物都有。五月间各地举办五四运动纪念会时，大家所谈的都是如何塑造一个新五四运动。我们筹办国是大会，本来想继续深入讨论这些问题。但尼克松宣布访问大陆后，情势急转直下，许多人一下子向左转，原先并没有参加运动的人，突然纷纷冒了出来。这时就有人对国是大会的方向提出意见。讨论小组主持人里比较偏向右派的，都被换了下来。开会前我发觉情形不妙，拼命想阻止他们把群众运动硬向左拉，结果被批判成搞分离主义。到开会时，左派控制会场的行动太明显了。只要和他们意见不合的，都没有发言的机会。有人气不过，硬要站起来发言，就被会场的纠察制止。会议开到第二天早上，右派想要抢麦克风发言，没有成功，一怒之下集体退出会场。右派一旦退出，剩下的中间派就成为被打击的对象。我那时也联络了几位想法相同的朋友，想要挽回整个运动方向的转变，结果我们连讲话的机会都没有，会场形成一面倒的趋势。”

“那天早上的讨论会主持人之一是葛日新。开完会我就走到前面去找他，说你们这样搞，群众运动一定垮。他不服气，我们当场就争辩了起来。我们在那次会议以前并不认识，他不知道我是谁，我当然也没有告诉他。他的态度还算很好，还肯虚心听我这中间派的无名小卒说话。不过辩论归辩论，也挽回不了大局。国是会议开完，我就知道'保钓运动'非分裂不可。后来的发展果然如此。”

林欣拾起一块石子，用力掷向远方。

“我们中国人的毛病，就是思想上一元论的倾向太强太强，无论政治上、文化上、哲学理论上，非要定于一尊不可。大家都不能容忍异己。而我们对待异己一贯使用道德上的制裁方式。只要意见不同的，就是汉奸、买办、洋奴、走狗。讲来讲去，中国人的传统包袱还是太重，我们的泛道德主义害了我们一辈子。”

“难道就没有跟你想法相同的人吗？你们不能想办法重新团结参加过'保钓运动'的人，脚踏实地地为中国人做一点事情？”

“相当困难。”林欣说：“我们传统上就尊重权威。在海外的环境，没有人能树立独一无二的政治权威。没有一元性的权威，中国人就难免呈现一盘散沙的现象。按说海外的环境，每个人都可以随心所欲发表意见，大家应该比较能够沟通。而事实却相反。大家互相批评，仍旧依据泛道德主义的标准，使用的都是道德谴责意味极强烈的字眼。这样越谈得多，大家意见越分歧，彼此恶感越深。坦白说，我们还没有建立一套和道德完全无关联的讨论方式。和道德不可分开，自然就造成投机取巧、见风转舵的现象。大家宁可私下斗争，也不愿公开主张被认为不道德的立场。大家宁可见风转舵、随着潮流走，不敢坚持不受欢迎的。而且人读书读得越多，有时私心反而越重。尽管我自己也算是所谓的高级知识分子，但我已经看透了，知识分子不管嘴巴讲得多么动听，剖开来里面还不都是又脏又臭的一团。即使一个小工，一个簿记员，一个农夫，都比我们有用。知识分子如果不能除去私心，诚心诚意拿自己的知识来替社会解决问题，即使高喊救国救民喊得再响，又有什么用处？”

林欣沉默下来。他走回停车的地方，陈泽雄跟随着他默默地上车。车子离开那片营地，快要转上大路时，林欣把车子停下来，关掉引擎。一切都静悄悄的，只有呼呼的风声。林欣说：

“好安静！你听得到人们呼喊的声音吗？你听得到人们唱歌的声音吗？你听得到人们欢笑的声音吗？”

“我听不到。”陈泽雄老实回答。

良久，林欣说：

“我也听不到。我们走吧。”

陈泽雄坐林欣的车子回到安娜堡。快进城时，林欣突然说：

“想起来也真好玩。我为王亚男休学了两年，几乎为她自杀，不知道当时怎么会这样死心眼。想不到洪显祖也留不住她。她现在和葛日新怎么样？”

“很好吧。”

“那就好了。葛日新这小子……有他的一套。”林欣停了一会又说："好在你现在来。这个学期结束，我就要去芝加哥找事。碧文不久会从台湾来会我。你是否立刻回去？"

"我还要去洛杉矶一趟，然后就回台湾。"

车子驶进安娜堡，陈泽雄看到路旁的枫林已经脱尽了树叶，只有车轮碾过时，地面上褐色的积叶才再度飘舞到空中，又缓缓地落下。安娜堡的确已是深秋了。

六

吴寒山费了几天工夫，盘算对女郎求爱的说辞。直截了当说“我爱你”是无论如何也说不出口的。即使时光倒退二十年，吴寒山也说不出这样露骨的话。还是委婉道出关心她的意思，但是不能太含蓄，一定要表明心迹。从开天辟地讲起是一个办法——“第一次你来找我，我就喜欢你……”——但是女郎可能误会他一贯对她的关怀都藏有目的，显得自己心机深沉，那就弄巧成拙了。还是表白自己实在因日久情生，慢慢堕入情网，来得顺理成章。最后，他必须强调甘愿为女郎粉身碎骨，身败名裂在所不惜。

安排如何和女郎见面也是个问题。她家就住在底特律城附近，吴寒山有电话号码。如果打电话到她家去不免打草惊蛇。打电话到宋宜宾的办公室，让宋宜宾知道也不好。但他知道又怎么样？吴寒山从来没有邀女郎出来过，偶然一次宋宜宾也不见得会起疑。何况女郎不久就要离开宋宜宾的公司了。以后的发展，宋宜宾也不可能知道。这么分析下来，吴寒山决定还是打电话到宋宜宾的办公室。理由呢？就说替她饯行，顺便跟她谈谈申请学校的事。虽然有点牵强，但总算言之成理。如果女郎有心，她应该不会拒绝。

又犹豫了几天，吴寒山终于鼓起勇气，在学校打长途电话给女郎。女郎的答复意外的干脆。晚上不方便，因为她有两个同学住在她家，她必须陪她们。中午没有问题，她可以出来。吴寒山放下电话，对自己的勇气简直佩服极了。谁说年轻就是勇敢？年轻人的勇敢是暴虎冯河的蛮勇。中年人所虑万千，中年人的勇敢才真正了不得。女郎的答复亦令他兴奋不已。她说晚上不方便，显然晓得他找她出来，谈话内容不便让第三者知道。她明知他开车一百多里路来底特律找她，事情非同小可，竟不问他究竟为什么，显然一切早在她预期之中。吴寒山不禁佩服女郎聪慧过人。幸好自己反应够快，听得懂她弦外之音。恋爱毕竟要双方有默契才能成功。他们已逐渐在建立这种默契了。

和女郎的约会订在下星期三。那天吴寒山本来有课，便找个借口取消了。趁此机会跑一趟底特律，别人也不会知道。整个星期吴寒山都处于昂奋状态，仿佛腾云驾雾般，什么事情都糊里糊涂过去。太太几次找借口和他吵架，他连回嘴都懒得回。他突然能以超然客观的态度观察着自己家庭的成员。太太整天无事忙，更年期中年妇女的毛病，她全有。不是忙着注意大廉价消息、打网球、和学校里中国同事太太通电话传播谣言，便是忙着制造机会和他吵架。吵架早已成为他们生活的一部分，也是杀时间的好办法。但吵架必须两人有默契才吵得起来。过去他们是有这种默契的。现在吴寒山却突然对吵架丧失了兴趣。太太试图制造家庭小冲突的努力，在他看来极可笑亦复可悯。可怜的无聊女人，她也拼命设法使生活不显得那么单调，怎么知道自己外面已经有了女人呢？

吴寒山对太太有几分同情又有几分歉疚。过去他好像和她是同样在战场上厮杀的兵丁，现在却突然升了级成为军官，和她战斗的兴趣也就消失了。两个儿子呢？他们整天只晓得看电视，打棒球，是十足美国化了的傻小子。对于自己的艳遇，将来他们说不定还会感到钦佩。美国人一向崇拜能轻易擒获异性的男人和女人。这是一个崇拜英雄的国度。他竟也朝这途径迈进呢！

吴寒山本来暗中很佩服数学系的刘维国和机械系的冯富雄。学校里的中国同事虽然一天到晚造他们的谣言，但对他们征服女性的本领其实是羡慕的。现在吴寒山觉得自己比他们又高了一层。刘维国和学生的太太谈恋爱，冯富雄和图书馆员瞎搞，都犯了兔子吃窝边草的大忌，也没有什么光彩可言。在这大学城里，中国人的圈子极小，一点点芝麻大小的事情都能迅速传遍全城。像刘维国和冯富雄这样闹得满城风雨，其实很臭。还是自己有办法，远征底特律，神不知，鬼不觉。即使将来事情传开了，他们也不得不佩服吴寒山两句。“看不出吴寒山还有这么大的本领。我们居然都蒙在鼓里，还以为他是个老好人！”

吴寒山想到这里，不禁更加得意。什么老好人？自己一定要给他们一点颜色瞧瞧，大丈夫不鸣则已，一鸣惊人！

星期三一天天逐渐接近，吴寒山昂奋的心情有增无减，简直像服食了迷幻药一般。星期三那天一早，吴寒山特地洗了个热水澡——平常他总在临睡前才淋浴——胡子刮得干干净净，头发前晚已用染发剂处理过一次，早上又拔去几根仍不肯就范的白发。衣着也费了吴寒山一番心思。不能穿西装，显得太正式、太死板了。也不能穿得太花，像个老风流。他选了一件奶油色的套头毛衣，配上棕色西装呢裤，自己在镜子里看看，也觉年轻不少。一切准备就绪，吴寒山便踏上征途。

九点钟离开家门，到底特律已近十一时。吴寒山在女郎工作的大楼附近停好车，便在那座玻璃大厦四周闲荡。他已经盘算好带女郎去希尔顿旅馆楼顶的餐厅，那儿比较清静，适宜两人谈心。大街上来来往往倒有一大半是黑人。吴寒山很少在白天来底特律，底特律城黑人这么多，他还是第一次注意到。女郎在这种地方工作真不安全，能回学校念书最好。吴寒山发觉自己十分关怀女郎的一切。这就是爱情，这一定就是爱情。

和女郎约好十二点钟在大厦门口见面。吴寒山准时站在门口等候。她会出来吗？会不会临时变卦？他像初恋男般焦躁地等候着。十二点过五分，玻璃门转出雀斑女郎，头发剪短了，更显得清丽脱俗。吴寒山热情地迎上前去。

“下班了？”

“嗯。今天真忙。彼得在城西买了一栋旧公寓，每样设备都有问题。水管漏水，暖气炉也坏掉，市政府的人检查两次都不通过。彼得说又得送红包了。”

“这里也有送红包这一套？”

“怎么没有。市政府、警察局，都会来要钱。反正彼得有办法，他认识的人真多。”

吴寒山不禁笑了起来。

“老宋过去在台湾司法界是有名的清官，真是十年河东，十年河西。”

女郎瞄了吴寒山一眼说：

“今天学校没课？”

“本来有课，我调了课。”吴寒山本想说“为你调了课”，话到唇边又改了口。这该是心照不宣的事，讲出来就俗了。女郎到现在为止还没唤他吴教授，这又是一项进步。他注意到女郎今天画了眼线，显然特地打扮了一下。真是女为悦己者容，吴寒山内心着实感动，简直恨不得立刻把心掏出来给她看。

他们进了餐馆，吴寒山随便点了菜。女郎还在慢慢浏览菜单，吴寒山已经激动得面孔发热，预先想好的说辞，这时却完全记不起来了。女郎把菜单交给侍者说：

“我只要个三明治，今天什么都吃不下。”她似乎这才注意到吴寒山脸上异样的表情，“吴教授，你怎么了？是不是不舒服？”

“没，没什么。”不能再等了，勇敢地说出来吧。“我只是想，如果我没有结婚，一定追求你。”

女郎怔了一下，看看吴寒山，扑哧一声笑了出来。

“吴教授真会说笑话。彼得有一次也这么说，我笑死了。”

吴寒山可不觉得好笑，认真地说：

“是真的。如果我没有结婚，一定追求你。”

女郎似乎没有听到吴寒山的话，一径说：

“那次彼得这样讲，我就说，讲这些干什么呢？都是废话。”

吴寒山仿佛被女郎掌掴了一下。都是废话，这是什么意思？但他随即领悟过来。女郎仍嫌他没有诚意。“如果我没有结婚，一定追求你”乃是虚拟语气，不是肯定之词。宋宜宾这么说，女郎认为是废话，可见她对宋宜宾不满，间接指责他不该犯同样的错误。正确的说法应该是“即使我结婚了，仍旧要追求你”。又一个强烈的暗示。他必须把握住机会。

吴寒山于是郑重其事地说：

“苏茜，我喜欢你。我一直想对你说这话，可惜缺乏勇气。今天总算鼓足勇气，对你坦白。”吴寒山说到这里，勇气陡增，口若悬河地继续说下去，“我喜欢你。你是我所见到最可爱的女孩子。从刚见你面，我就知道你是我梦中的理想情人。”这话有语病，和腹稿不符，但管不了这许多了，“我……我每天想念你，无时无刻不在想念。希望你了解我这番心意。我们会是……理想的一对。”

吴寒山一开始讲话，女郎就垂下头去。等到吴寒山讲完了，女郎头垂得更低，吴寒山看不到她脸部的表情。他突然有一种不祥的预感。千里来龙，到此结穴。他该讲的话已经讲完了，再想不出可以说些什么。女郎的反应却完全不是他预期那样。他以为女郎会含笑对他说：“寒山，我早就等着你对我说这些话。”但是女郎却垂着头，一言不发。会不会是他完全想错了呢？会不会他从开始就误会了女郎的意思……吴寒山顿感窘迫非常。完了，一切都完了。他，吴寒山，四十六岁的人了，居然做出这样荒唐的事来，对一个没见过几次面的女孩子背诵文明戏的戏词。他耳朵里轰隆轰隆地响，餐馆里面的一切都变得模模糊糊。他只恨不能打个地洞钻进去，他怎么会演出这么荒唐的一幕？

“吴教授，谢谢你对我的关怀。”女郎的声音从云里雾里传过来，“我感到非常……我一直非常敬佩你的学问。你有你的事业，美满的家庭。这对你更重要。我……我没有什么。谢谢你的好意。”

“不用再说了。”吴寒山近乎粗暴地说，“刚才的话，算我没说过，好不好？这辈子我没干过更荒唐的事。”

“不，我并不觉得你荒唐。”吴寒山现在可以看清女郎的脸庞，近乎圣母般圣洁而不可侵犯。“有些话，还是讲出来比较好，大家都不至于误会，对不对？”

吴寒山这时已完全清醒过来。误会？不，再不会误会了。他已经受到应得的惩罚。但正如西方人所说的，戏还得演下去，他必须勇敢面对这无比尴尬的一幕，这顿饭总得吃完。他以近乎殉道者的精神绝望地将食物一块块送入口里。幸亏女郎表现得比他还镇定，设法找出话题来冲淡尴尬的气氛，问他学校里工作的情形，讲讲她未来求学的计划。吴寒山逐渐恢复镇定，对女郎反而有无比的感激。看女郎面上的表情，竟好像刚才的事完全不曾发生过似的。他这才完全了解女人的伟大。在她们面前，他不是什么历史系的大教授，只不过是幼儿园的学生。每个男人总有软弱的刹那，会在她们面前赤裸地暴露弱点，就像去壳的蜗牛般无助。如果她们乘胜追击，男人势必将全军覆没。他对女郎的敬意油然而生，竟然开始能够尝出嘴中食物的滋味。

吴寒山回到家里，还不到下午六点，太太正在厨房里炒菜，两个男孩在阳台上追逐嬉戏，一切好像都不曾发生过。吴寒山身心俱乏，倒在沙发里，一眼瞥见墙上太太钉的圣经金句木牌。

“不要叫我们遇见试探。”

吴寒山嘴巴里也不禁喃喃地说：

“不要叫我们遇见试探，救我们脱离凶恶，免我们的债，如同我们免了人的债……”

霜降

一

施平第一眼看到海岸线，心脏整个收缩起来。到了！到了！他从心底狂喊着：台湾，我美丽的故乡，我终于又回到你的身边了。他试图辨认海岸线的位置。飞机自北朝南飞，这该是基隆南方的海岸吧？从机窗口下望，由蔚蓝而浅蓝而近乎青绿色的海洋，清楚地呈现在眼底。一道道白色的条纹，该是扑向岸边的浪头。紧接着海岸线便是一块块方形的田亩，那么细致，那么井然有序，然后是灰色蜿蜒的公路。海面上出现一个黑色的小岛。又是一个。岛屿外延也围绕着一圈圈的白线。好美的岛！

台湾，我美丽的故乡，我终于又回到你的身边了。

施平几乎忍不住流下欢喜的眼泪。他没有想到自己竟会这样激动。他注意到，没有一片云彩遮住他的视线。台湾北部一定是个美妙的晴天。多么幸运，他竟能毫无阻碍地观察地表每一处细节。那片土地显得多么亲切。这是他的故乡，这是他的家园。

飞机转了一个弯，便斜着飞近一条河的河口。他毫无困难地认出了淡水镇。越来越近了，他的心也越跳越快。田地逐渐为房屋所取代，道路也更多、更密。飞机沿着基隆河飞着，他紧贴着窗口，恨不得看饱每一寸土地。他看到半个灰色的台北市，就在他脚下，他几乎可以摸着它。道路和房屋都越变越大，行人和车辆也清晰可见。一切都在增大、增大、增大，都移动得更迅速，从他眼前滑过。然后轰然一声，飞机着陆了。

台北！施平欣然喊出声。这就是台北。

飞机里的乘客都在收拾行李。施平只有一个简单的旅行袋。他不理会旁人瞪眼，奋力挤到门口，第三个走出机舱。他走下楼梯，踏到水泥地面时，几乎想跪下来吻一吻那不是土地的土地，好容易才制止住自己的冲动。远处有一座绿得出奇的小山，他简直不能想象台北附近会有这么绿的山。他再度提醒自己。这就是台北，你终于回来了。

一切都令施平感到新奇。连机场的工作人员，他都好奇地一个个打量。他们怎么可能这么镇静而无动于衷地工作？难道他们不知道，他已经十年没有回来？如果他们离开十年，是否也会像他一样的兴奋？

“从美国回来？”服务台的小姐头也不抬地问他。

“是的。”施平热切地回答，“快十年没有回来了。”

小姐把护照交还给他。施平收好护照时，小姐已经在招呼下一位旅客。

他迷迷糊糊地往外面走，领取了行李。一位年轻的海关工人将他的行李堆在小车上，推开毛玻璃门。

他看到无数张笑脸围在门外，似乎所有的人都在朝他招手。笑脸的上方是台北的艳阳天。记忆里的台北，天色似乎永远是灰灰的，又不断在下雨。今天台北的天空却蓝得透明！

施平随着推小车的工人穿过人群。有人伸过手臂钩住他的脖子。他侧过头，幺妹正对他笑着。

“哥哥！”

“幺妹，你一个人来接我？妈呢？”

“平儿，你的胡子怎么这样长？”母亲出现在他的另一边。“我都快认不出了。真不像话，怎么也不刮一刮？”

母亲一边骂着，一边拿小手帕擦眼泪。施平一手握着母亲，一手搂着幺妹，眼睛竟也润湿了。

“爸爸身体好些了吧？出院了没有？”

“上星期就出院了。”母亲说，“已经花了好几万块钱，再住下去，怎么住得起？”

“早就叫你们不要退掉公保，你们不听。也不过拿回十几万，住一次院就差不多用光了，将来怎么办呢？”

“退都退了，现在还说这些干什么？”母亲有点不高兴，“况且爸爸从来不生病。这次也是不听我的话，大热天跑去看棒球，才会热出病来。”

“不是这么说，保险就是防备万一生病……”

“爸爸从来不生病。”母亲仍坚持说，“他绝不会再病的，以后多注意就是了。”

施平还想再说，幺妹阻止住他。

“哥哥，好了吗，何必一见面就抬杠？你的行李呢？”

施平这才想到行李还在小车上。幺妹替他付了小费，帮他将行李都塞进计程车，他们也挤进后座。车子沿着敦化南路驶进市区。施平充满好奇地东张西望。到处都是高楼大厦，和记忆里大不相同。车子走得极慢，通过复旦桥就费了十几分钟。比纽约还挤，施平不禁想，真的，比纽约还挤。

“哥哥，你收到我最后一封信没有？就是要你买人参那封信？”

“收到了。刚好在走前两天收到信，临时赶到纽约中国城批发商那里挑了两大包，不算顶好的西洋参。假如早想到就好了。”

“啊呀，何必买呢？”母亲说，“幺妹也真多事。西洋参，老年人又不能多吃。不过既然买了也好。黄伯伯、楚伯伯那边，可以各送一包。这次爸爸住院，还多亏他们帮忙。隔两天你应该去谢谢他们。尤其是黄伯伯，爸爸的老朋友里面，他最热心念旧。爸爸退休后，别人都很少上门，只有他逢年过节一定来看我们。所以你一定要去看看人家。黄伯伯的女儿也结婚了，丈夫在广播公司做事，很老实的一个人。他们就住在我们家附近，小两口蛮配的。”

“哥哥，从前她对你很有意思呢。有一次她陪黄伯伯来我们家，还问起过你。”

“谁？”施平毫无印象。

“就是黄端淑嘛，你都忘了？”妹妹咯咯笑着。“她如果知道你回来，也许会后悔结婚太快呢。”

“幺妹，不许胡说。人家都结婚了，还提她做什么？平儿，你也真该把胡子剃掉，看了好老气。”

“我知道，我知道。”

施平望着车窗外面。计程车现在转上新生南路宽阔的四线道，琉公圳已经完全不见了，但是路旁黄色的〇南车站站牌还在。施平看到车站旁站着几个学生模样的女孩子，突然没来由地想起有一次深夜和葛日新在〇南站等车回学校宿舍。葛日新和他刚从应教授家聊天出来，两个人情绪都很激动，葛日新尤其兴奋。那时候应教授已经开始重读中国哲学。葛日新对此却极不满意，在应家还和应教授大辩一场。他们等车的时候，葛日新说："老应错了。中国哲学有什么搞头？我认为他从前主张逻辑实证论还是对的。只有从科学的哲学着手，才有希望走出一条路来。"

事隔多年，施平的记忆已经有些模糊，但仍能记得后来发生的一桩怪事。另外有两个女孩子也在等车。有几个太保模样的青年走过来，在女孩子身旁嘻嘻哈哈打闹了一阵，未能吸引她们的注意。几个人交头接耳，便都静默下来，躲进路旁矮树丛后面。施平正奇怪他们突然这么安静，站得比较靠近矮树丛的女孩"呀"的一声，掩着脸跑开。这时公共汽车来了，在车灯照耀下，施平刚好看见树丛间伸出一根根的东西……

施平回想起来，已不确知是否当时自己眼花。也许那几个捣蛋鬼故意从树丛后伸出树枝来骚扰等车的女孩子。无论如何，他们能同时并举，几乎是不可思议的奇迹。这些年来施平听到的笑话都是不举的故事，好像凡是知识分子就命中注定硬挺不起来了。

他们回到家里，父亲早已坐在客厅等候。父亲瘦了许多，精神十分萎靡，大约等候太久，没有讲几句话，就累得必须躺下来。母亲和幺妹忙服侍父亲睡了。幺妹拿出他带回的西洋参，熬了一碗参汤。父亲起先不肯喝，幺妹好说歹说才喝了下去。施平注意到幺妹真是长大了。几年不见，她已经从留清汤挂面短发穿黄卡其制服的高中生变成极懂事的少女。母亲除了头发白了几根，并没有多大改变。晚上，大妹和毛妹都打电话来。施平听她们电话里的声音，觉得她们一点都没变。但也许见面就不同了，到底都已经是有几个孩子的母亲。为什么自己这么注意家人变了没有？他自己不也变了吗？也许他真该剃掉胡须了。

虽然施平一点不感困倦，母亲却坚持要他早些休息。他躺在床上，不能不注意到台北的夜里有那么多种声音。电视声、夫妻相骂声、巷子里的车声……唯独没有纽约夜晚惯有的警车尖锐的笛声。床铺感觉有些潮湿。施平觉得皮肤黏黏的，想起来洗个澡，又怕惊扰家人，决定还是忍耐一下。潮湿的天气，过两天一定会习惯的。他不免又提醒自己。这就是台北，你已经回到家了。

二

父亲的病情比施平预料的还严重，虽然医生诊断是急性肺炎，并无大碍，不妨回家慢慢休养，但是父亲复原得很慢。施平回来了两个星期，父亲身体终于逐渐恢复，可以自己走出去散步了。施平陪父亲到医院照了X光片，证明肺部已经完全清爽，大家才放下心来。母亲仍坚持父亲身体一向极好，这次感冒转成肺炎完全是意外。施平对母亲的说法很不以为然。他和幺妹私下谈起父亲的情形，幺妹也认为父亲退休的一年间老了许多，记忆力也大不如前。施平因此更觉得不该退掉公保。他和母亲争辩了几次后，突然明白母亲内心深处的恐惧。她一直坚持父亲身体很好，并不表示她不关心父亲，而是不愿面对可能发生的一切。三个女儿虽成家的成家，做事的做事，都没有余力应付突然发生的变故。父亲微薄的退休金恐怕还应付不了一场大病。这几年施平也很少寄钱回家——他在《华美日报》当编辑的薪水，只能勉强养活他自己。母亲坚持她和父亲身体都很好，恐怕是唯一使子女安心的方法。施平因此深自谴责，怎会不了解母亲的苦心，还为了保险的事一再责怪母亲！他因此也更积极考虑留在国内的可能性。三年前他就有这个打算。那时因为自己在海外参加政治活动，怕回来遭人误会，结果拖了下来。这次父亲生病，促使他决定请假回来。事隔三年，过去的种种顾虑，似乎都已经不复存在。他为什么不干脆留下来呢？

他将这想法告诉家人。出乎他意料，父母亲都坚决反对，尤其是母亲。她还以为施平回来是相亲的好机会，找到合适对象正好带回纽约去。施平觉得又好气又好笑。他在纽约时听黄国权吹嘘在台湾相亲的种种经历，非常反感，想不到自己竟也逃不过这一关。尽管施平毫不积极，母亲却下令三个妹妹轮流出面替他介绍女朋友。妹妹们都很热心，各自找来未婚的同事、同学，似乎拿施平的婚事当作一种竞赛。结了婚的女人不论自身婚姻生活如何不愉快，莫不希望别人也掉入同样的陷阱。施平每天忙着应付三个妹妹介绍的女朋友，自觉疲于奔命。三个妹妹里，幺妹表现得最积极，每次施平约会回来，还要追问他的看法，喜欢不喜欢她的同学，等等。最后施平只有无可奈何地说：

“没有办法。我和你的同学中间有代沟，谈不来。”

“太可笑了，你比她们也大不了几岁嘛，怎么会谈不来？”

“谈不来就是谈不来，没有什么道理可讲。”

“一定有原因。”幺妹毫不放松，“你坦白说，我介绍的同学你是否都不中意？难道一个都不喜欢？”

“这不是喜欢不喜欢的问题。譬如说吧，她们言谈间都以为我会帮她们出去。假如知道我不过是纽约《侨报》的小编辑，月薪不到四百美元，会怎么想？”

“并不是人人都这么现实，我就知道有几位绝对能够和你同甘共苦。一定另有原因。”

真是另有原因吗？施平也说不上来。三个妹妹介绍的女朋友里面，当然以幺妹介绍的最年轻，对施平最有吸引力。但他可以欣赏她们的年轻活力，却总觉得她们不属于自己的一代。她们是无忧无虑的一群，只会啜饮着百事可乐，嘻嘻哈哈地在草地上奔跑，就像电视广告片一样。相形之下，施平感到自己有太多丢不下的包袱。他也想重新拾回记忆的片断。明星、野人、新南阳、红楼、文廿三教室……他都一一走过。文廿三教室里不再有哲学讨论会。应教授已经逝世了，那一群人都风流云散。他走过馆前街的补习班，门口仍挂着王小玲丙组状元的照片。他也去了明星咖啡馆两次。明星咖啡馆陈设依旧，坐在里面的却是一群陌生的面孔，不见咪咪、不见葛日新、不见胡伟康。他独自一人坐在角落里啜饮黑咖啡，自己也觉得不伦不类。施平知道他所找寻的是早已不存在的记忆。没有用处，过去的就过去了。和胡伟康、咪咪躲在小屋里谈哲学的日子，不会再回来。

母亲一方面替施平安排相亲的节目，另一方面又坚持他该去一一拜望父亲的老长官和同事。对前一项计划施平既然毫不热心，他觉得无法再拒绝拜望那些长辈。况且父亲孤傲了一辈子，退休后更不愿和人来往。如果施平也不去拜望他们，将来万一有什么事情，恐怕找不到任何人帮忙。施平顾虑到这一层，倒甘心乐意四出拜会，也想借此躲避一些无聊的相亲活动。

父亲的朋友里面，施平一直最钦佩黄伯伯。比起父亲其他的朋友，黄伯伯的官做得并不大，但施平觉得他为人最正道。

父亲病中，黄伯伯十分关怀，还遣人送钱来，虽被父亲退了回去，施平仍十分感动。黄伯伯比父亲还大三岁，退休后却又被征召主持一个研究机构。父亲和黄伯伯同样当了一辈子工程人员，同样始终能坚守岗位，淡泊名利。在纽约每次施平和意见相左的人辩论，那些人批评台湾时，施平就不免想到父亲和黄伯伯这类默默工作的人。有这样的人存在，他们的批评对他们就太不公平。这些年来施平始终坚持不肯左转，他自己明白，父亲和黄伯伯的影响很大。

黄伯伯主持的研究机构在郊区。施平约好时间去拜望他时，他还特地为施平安排了一项简报节目，这倒使施平受宠若惊。其实科学方面施平一窍不通，简报的彩色幻灯片大约是准备给外行人看的，施平都看不出所以然来，只知道这机构有十几项研究计划，八位博士研究员，都是从海外回来的。十一位硕士研究员里，海外回来的也有六位。简报完毕，施平跟随黄伯伯回到办公室，不禁惊叹地说：

“这么多从海外回来的！从前大家一直担心人才外流，现在至少在科学界，不愁没有人回来了。”

“最近几年回来的年轻人的确比较多。”黄伯伯说，“风气慢慢在变。不过这些年轻人，咳，都有一套本领，脑筋灵活得很。你不要看我们这里人不少，其实留不住他们。研究所只是他们的跳板，外面一有好机会，就跳出去了。上个月才走了两位，一位去当总经理，一位回乡竞选县议员去了。咳，这些年轻人，比我们从前本领大多了。”

施平感觉到黄伯伯语气里有一种苦涩的味道，忍不住仔细打量他。黄伯伯穿的还是记忆里那套宽大邋遢的中山装，胸前口袋插钢笔处有一块洗不褪色的淡青色墨迹，全白的头发倒给人鹤发童颜的感觉。他的办公室里乱糟糟的，墙角的玻璃柜里堆满研究报告和书，墙上横七竖八挂着好些张工程画、奖状，也有几张发黄的旧照片。黄伯伯注意到施平的目光，随手取下一张大相片，里面密密麻麻站了三排人。

“喏，这张里面也有你父亲，还是在重庆时照的。里面的人，一大半已经不在了。你父亲那时真有干劲。好几种汽油代用品，都是他想出来的玩意。假如是现在，早就该出去开工厂赚钱了。不过那时大家都年轻，国家又在抗战，谁也不会往这方面想。”

施平不禁想起一部外国电影的片名：《爸爸，大战时你干了些什么？》。他小时候也问过父亲同样的问题，父亲却很少谈到他做了些什么。母亲倒时常讲起如何抱着施平跑警报的故事。父亲一贯沉默寡言，退休后更整天难得说一句话。除了看棒球赛，很少见他畅快地笑过。黄伯伯比父亲年纪大，精神还这么旺健，父亲却已终日愦愦。施平有时不免怨恨父亲太过孤僻，有时又不由得钦佩他沉默里所表现的勇气。如果不是黄伯伯提起，到今天施平还不知道父亲也有过几项发明，为国家做过一些事情。可是他为什么从来不说呢？施平正在暗自气愤，黄伯伯却叹了口气，将照片挂回原处。

“东奔西跑，白忙了一辈子，什么也没有做好。”

施平吃了一惊，几乎不相信黄伯伯会说出这种话来。不禁结结巴巴地说：

“黄伯伯……您……您为国家做了多少事情，培养了多少人才……您怎么会是白忙一辈子呢？”

“只有这么想，只有这么想了。”黄伯伯的目光似乎落在遥不可及的远处，“看你们这一代的了。你们的机会好，咳，要好好干啊。”

施平完全不知道该如何回答。室内有一阵难堪的沉默。最后还是黄伯伯打破了沉寂。

“不谈这些。人老了，牢骚总是多些，请你别介意。你父亲身体再好些，我想请他来兼个非正式的顾问职，没有薪水，只能付点车马费。他的脾气我清楚，一辈子就是不肯求人。放心，我会三顾茅庐请他出来。”黄伯伯摇手制止施平说话。“先不必谢，也许行不通，总值得试试。年纪大还是得找点事情做，脑子不能闲着不用，一闲就有问题。况且他的经验，我们还真用得上。对了，我们这里有一位丘慧美小姐说认得你。你要不要跟她见面？”

“丘慧美？她也回来了？”施平记得她是那年在洛杉矶时，一起出去玩过几次的女孩子。当时对她印象十分好，后来通过几封信，也就不了了之，没想到竟在这里又碰上了。施平谢过了黄伯伯，要了丘慧美办公室的号码，自己走上楼找她。黄伯伯刚才的话，却令施平十分震动，一路上都在想这个问题。他从来没有考虑过父亲那一代的心情，以前只觉得被上一代紧紧压得透不过气来，被他们安排好走一条自己不情愿走的路。也许“钓运”正是这种反抗心理的具体表露？他从未想到父亲和黄伯伯他们也曾爱国过，也曾愤怒过。正如他这几天相亲所遇见的女孩子，她们也不会了解他曾有过的激昂情绪和他的愤怒？也许父亲他们已尽了最大努力？也许他们是可原谅的？

施平走上三楼，整层楼都是一间间的研究室。他正想找人问问，却看见丘慧美站在研究室门口笑着等他。印象里的丘慧美是个甜甜的女孩子，眼前的她依然给施平一种甜美的感觉。隔了几年不见，施平一时想不出什么适当的话。丘慧美倒落落大方，先讲起他们在洛杉矶去迪士尼乐园游玩时的趣事，施平如何在海贼窟里落水。施平没想到她竟记得这么清楚，隔阂感一下全消失了。他记起她从前在加大念的是教育，便问她怎么会进入研究机构工作。丘慧美解释说她参加这里一项教育心理学的研究计划，也在大学兼一门课。谈起洛杉矶的老朋友，丘慧美说知道施平的一位好朋友在附近一所大学教书。施平问明是胡伟康，十分惊讶。他只知道胡伟康去了德国，原来也已经回来了。大家都回来了。他也该定居在这里吧？

那天下午，施平和丘慧美聊得非常投机。他好久没有谈得这么畅快过，对丘慧美突然有一种知己的感觉。隔了一天，他忍不住打电话约她出来，对方爽快地答应了。在明星咖啡馆里，他又足足讲了一晚的话。丘慧美很感兴趣地听他叙述，偶尔也插几句嘴。施平讲到最后，不禁谈起他心底的抱负，如何能团结海外的中国人，好好把华埠建设起来。他期待丘慧美会鼓励他几句，然而丘慧美却望着他微笑说：

“施平，回来吧。像你这样的人，本该回来做事。”

“为什么？”

“你有这许多理想，留在美国干什么呢？回来可以做的事情太多了。”

“我哪里有什么理想。都是梦想。在外面流浪了这么久，书没有念好，事业没有什么基础，一事无成。回来干什么？”

“不要这么说。施平，五年前我见到你，就觉得你将来一定会大有作为。现在我还是这么想。你应该回来。”

施平不禁怔了一下。他对她可说毫无认识，她却对他这么有信心。这么多女孩子里面，她是第一个劝他回来的。他坦率对丘慧美这么说了。丘慧美温柔地说：

“我们都出去过，施平。我们真正的事业还是在这里。你回来，成功的机会比在纽约大得多。在这里人家会重视你讲的话。在海外谁来理会你呢？美国人绝不会。中国人呢？你自己也说过，海外中国人只会在自己的小圈子里斗来斗去，又都是眼高于顶的知识分子，谁也不肯服谁。你真相信他们会有团结的一天吗？”

“你说得很对。知识分子别的事做不好，互相攻击倒真是得心应手，把自己干的所有丑事都抖出来，难怪人家瞧不起知识分子。可是回台湾难道就不斗了？”

“施平，有人的地方就一定会有争权夺利的事情。你要回来做事，总不会天真地相信所有人都不来和你争吧？地方小，争得只有更厉害。但是至少你的机会比别人好得多。”

丘慧美的语气虽然温柔，施平却发现她的头脑非常冷静，事情看得清楚极了。难怪几年不见，她已变为成功的职业女性。施平的心中响起警钟。这样的女人会是好妻子吗？施平对意志坚强的女性下意识地抱着恐惧感，但丘慧美的话，他不能不承认很有道理。他们聊到近十二点，他才送她回家。丘慧美和母亲住在民生新社区一栋公寓大厦里。施平送她到门口，丘慧美脸色微红，仰起头看他。施平犹疑了一下，到底还是吻了她湿润的嘴唇，立刻又后悔了，匆匆忙忙对丘慧美说声再见，就头也不回地逃下楼来。

新社区的巷子里不容易找到计程车。施平并不急于回家，便沿着巷子漫无目的地走下去。这一带虽然是公寓住宅区，楼下每家人倒都费了一番精神在门口种树，即使在夜里也可看出是一片青绿。施平不敢想象丘慧美现在的表情，又偏忍不住要想。她一定暗骂自己没用。他想不透她为什么会对他这么好。他实在一无所有，万一真的结婚，他说不定还得靠她呢。

结婚？施平不禁打了个抖擞。他走过一栋公寓，几个花枝招展的女人从大门口走出来，清脆的笑声几条街外都听得到。也许又是一家地下餐厅，或是地下理疗院。结婚？不成。跟丘慧美总共才见过五次面，怎么会想到这种问题，太荒唐了。

施平走到街口，犹疑了一下。他对新社区一带完全不熟悉，不知道该朝那个方向走，随便选择了一条看似通往闹区的大路。“至少你的机会比别人好得多”，也许丘慧美说得不错，你还有机会，无论如何，回来总可以做些事情。人总要妥协的，比你还激烈的人不也都回来了？不也都一个个爬了上去？也许还是年岁的关系。从前可以当愤怒青年，现在你却不能不想到事业。只要能做一番事情，你妥协又有什么关系？别人不都已经妥协了？

走了一阵，施平觉得有些不对劲，路越走越荒僻，显然走错了方向。他转过头来，朝刚才来的方向走回去。妥协。胡伟康妥协了吗？过两天该找胡伟康聊聊，再回南部老家看看。不过胡伟康不成问题。胡伟康本来就不关心政治，对胡伟康而言根本无所谓妥协不妥协。对施平应该也不成问题，其实他除了参加“保钓运动”，后来也没有做什么，不过对华埠问题热心一点，参加过几次纽约华埠争民权的示威游行。这都是该做的事。回来也无所谓妥协，换一个环境做事罢了。但真能问心无愧吗？丘慧美说他回来，机会比别人好得多，这是实话。但他能安心这样做吗？

施平走到原先走错路的街口。这次他连最先从哪里走来的都弄不清楚了，他只有站在街口，等待计程车奇迹似的出现。妥协，去年有一阵子他心情非常恶劣，想家简直想疯了，曾给葛日新写了一封信。这些年来，他们很少通信。越好的朋友，似乎越没有通信的必要，久而久之反而疏远了。那次葛日新居然回了一封长信，竟劝他回台湾。

“还是回去吧。你有机会能够回去，就不要放弃。我们过去都把自己看得太重了。这还是个人主义思想作祟。能够回去，就回去做事，还是对的……但我是不预备回去的了，已经走到这个地步，不可能再走回头路。这两年来，我规规矩矩做事，别人怎么说我不管，至少我吃这口饭，自觉问心无愧。我并不是看重自己，只是我的情况和你不同……‘保卫钓鱼岛运动’时的种种，回想起来，真像做了一场大梦，现在也该梦醒了……”

葛日新的信，施平到现在还能背诵。他会回来，父亲生病固然是原因，葛日新那封信也不无关系。回来有许多事情可做，该是没有问题的。施平想到丘慧美的鼓励。能有这样的红颜知己，也该满足了，但丘慧美期待的是怎样的生活呢？设法存钱分期付款买公寓？搞一辆自用跑天下？一步步爬上去？爬上去又能做事吗？他想到黄老伯，想到父亲，又犹疑起来。也许还是安心做《侨报》的一个小编辑？至少自食其力，问心无愧地生活？但是这样又算做了些什么？又能做些什么？真能问心无愧吗？

“马后桃花马前雪。马后桃花马前雪。”

施平喃喃念着，终于看见远处来了一辆计程车，车顶小小的黄灯逐渐变大，在他面前停下。

三

清晨路旁的田野里，似乎遗留着夜霜的残痕。公路局的班车离开台北市区，速度立刻加快，车子也震动得更厉害了。施平必须两手举着报纸，才能看清楚报上的字。第一版有一则小消息：“钓鱼岛列屿主权确属中国。”迟来的消息。海外那些硕果仅存的‘钓运’刊物还会刊登这则消息吗？他随手翻到第三版。“旅美学人钱智南博士来台讲学。钱博士现任教美国海军研究院，是国际知名的大气物理学家。此次应邀返台，将在某大学作多次学术演讲。”又一位“保钓”英雄妥协了。施平不禁自嘲地笑起来。不，没有自己的路。只有妥协。

施平翻到影剧版。区一鸣三个大字赫然映入眼帘。木桃女士两部杰作都由他导演搬上银幕，区一鸣总算如愿得偿，成为名导演。他还会演讲《诸神的黄昏》吗？还是改谈《名导演的黄昏》？还穿不穿猩红色西装和笔挺的白长裤？还会不会令女学生风靡？妥协。要活着、要出名，就得妥协。鲁迅错了。藏在字里行间的不是“吃人”两字，而是“妥协”。中庸之道。温柔敦厚。

再翻到社会新闻版。经济专家指责国人有一流享受，却只有三流技术，应全力改善生活的品质。对角线的左上角又有一则新闻。“亲推两女下河，寡妇亦自投水。夫死精神失常，三重郭家悲剧。”新闻报道里说丈夫是广东人，十岁只身从大陆来台，做过炸油条的小生意。肝病缠身多年，因无钱不愿寻医，最后病急入台大医院，白天送进去，晚上就死在急诊室。遗下子女七人。妻子精神失常，将最幼小两个女儿投入淡水河，自己也投水自尽……施平看到这里，实在看不下去了。他感觉到一股热气从丹田冒起，简直坐不住，恨不得立刻跳出汽车外。但是他能做什么？妥协。只有妥协。要活着，就得妥协。

车子停了下来。施平一眼就看见站在路边的胡伟康。胡伟康似乎也比从前更瘦，由于背驼了些，人显得没有从前英挺。他身旁还伴随着一位年轻女孩，紧紧依着胡伟康，对施平露齿微笑。胡伟康看到施平，并没有特别欢喜兴奋的表情，淡淡说了一句：

“今天山上天气好极了。你来得正是时候。”

施平问年轻女孩是谁。胡伟康介绍说是林小姐。施平看林小姐好面熟，却想不起在哪里见过她。走了一段路，施平突然明白林小姐像谁。看她走路的姿态，正像当年的咪咪。胡伟康带路，走下一个小坡，树丛里掩藏着一栋小木屋。施平不禁失笑。隔了这么多年，胡伟康的脾气一点也没有改变。进了木屋，房间的一角果然传出巴赫的音乐来。胡伟康便躺在沙发上，示意施平也坐下。不一会，林小姐从隔壁房间端出两杯香喷喷的浓咖啡，一小碟牛肉干，一碟笋豆。施平仿佛又回到五条通胡家花园后面的小屋，连气氛都和当年一样。施平有一种很奇怪的感觉。外面世界起了那么大的变化，他们至少也经历过一次群众运动，而胡伟康的世界却依然故我。他不能不气愤胡伟康的不长进。

“你家里人还住在五条通吗？”

“全走了，都搬到旧金山去住。”胡伟康闭着眼睛，脸上又浮现出痛苦忧郁的表情，“他们走了也好。我根本懒得下山。山下那个世界，和我无涉。我现在一个月难得下山一次。”

“你这里简直是世外桃源，倒是著书立说，写出不朽文章的地方。对了，小胡，送我一本你的书吧。”

胡伟康指指书架。林小姐立刻抽出一本精装的厚书递给施平。施平抚摸着烫金的书皮。《没落的跃升》。胡伟康连思想也还停留在那个阶段。施平摸着书皮，说：

“谁替你出版的？”

“我自己。他们都不了解我。”胡伟康痛苦地说，“还写些莫名其妙的文章来讥讽我。所以我根本不要下山。现在有谁懂哲学？有谁关心哲学？真正是荒谬的时代。”

“我以为你会在德国好些年，想不到你这么快就回来了。”

“我只去玩了一趟。德国人现在也不懂哲学。世界上没有人懂哲学。我现在总算明白，哲学是彻底没落了。所以我的第一本书题作‘没落的跃升’。”

“你又在写书？”

胡伟康点点头。

“即使这不是哲学的世纪，我也要坚持下去。他们总有一天会醒悟过来。但是我最气的是他们不懂，还要批评我。你看，书是我自己花钱印的，房子是我自己花钱租的。我虽然在这里兼课，却并不住学校的宿舍。一个月他们才给我两千元，买咖啡的钱都不够。我欠了他们什么？他们还要骂我是社会的寄生虫。我占了谁的便宜？我欠了社会什么？这个社会辜负哲学家，我可并没有辜负他们。”

胡伟康气得发抖。施平只好劝他：

“哲学家永远是寂寞的。你看开一点就算了。听说学生很崇拜你呢，是不是？”

“我不需要别人的崇拜。尼采早就说过，走自己的路，不要跟随我。施平，我准备做殉道者，绝不妥协。你看着好了。我绝不会妥协的。”

施平默然。他在路上还在考虑妥协的问题。胡伟康受到的虽是另一种煎熬，但胡伟康不肯妥协，同样也需要勇气呢。胡伟康又愤激地说：

“到处都是假偶像，假先知。我实在不能忍受他们。疯人的画，最原始的木刻……这就算得上是文化？不要笑掉我的大牙！所以我宁可留在山上，与蛇和老鹰为伍。你看看这些东西。”胡伟康站起来，从书架上抽出一些书刊丢给施平。“都是假文化，庸俗的文化。胡伟康如是说，庸俗的文化！”

施平听到最后一句话，忍不住笑了起来。胡伟康拿出一瓶白色的药丸，吞下一颗，又静静躺回到沙发上，林小姐如驯猫般蜷伏在他脚前。施平随手翻开那些书刊，渐渐提起兴趣来。不少文章里流露的那种爱国的情绪，那种激昂的心境，都是他所熟悉的。他经历过这个阶段，也能体会和同情作者的想法。

“小胡，这些文章是谁写的？”

“都是些名不见经传的年轻人。我和他们无冤无仇，莫名其妙来打击我，气死人了。”

“他们并不见得是针对你而发。有些文章还写得不错呢。你看这一篇谈文化发展，指出青年人民族意识的提高，对自己文化的认识加深，起源于‘保卫钓鱼岛运动’，以及其后一连串事件的刺激。”

“怎么样？这就是我所说的庸俗文化论。太讨厌了。”

“小胡，你不要老从自己的角度看问题。”施平又读了几段，忍不住兴奋起来，“这篇文章很有意思。也许你不晓得，在海外，‘保卫钓鱼岛运动’虽然掀起了一次群众运动的高潮，但这运动立刻走到一条死巷，许多留学生就此卡死在那里。对于我们而言，‘保钓运动’是一个终点，从此欲振乏力，越来越灰心失望。中产阶层的知识分子也特别容易妥协。但这篇文章把岛内的‘保钓运动’当作一个起点。也许‘保钓运动’真是一个起点。也许这个运动仍旧有它的意义。只是因为我们身在海外，出身不对，所以无论如何走不出一条路来。假如这篇文章分析是正确的，那么一切还大有可为……”

胡伟康不耐烦地打断了施平的话。

“你怎么讲话越来越像葛放。葛放他现在怎么样了？听说他很不得意？”

“人在国外，有谁得意了？葛日新还好，他和王亚男终于结婚了。”

“谁？”

“王亚男。你不认得的一个女孩子。”

“哦，那么咪咪呢？”

“我正想问你。”施平看了一眼林小姐，她仍温顺地坐在沙发旁的地上听他们聊天。“她不是也回来了吗？”

“回来过，又走了。”胡伟康痛苦地呻吟了一声。“我真不敢想象，她竟会嫁给犹太人。那个犹太人坏透了，到台湾来就为的是搜刮古董。咪咪还要我帮他找这个找那个。我起先以为他真正醉心于中国文化，后来才看透他的用心。如果不是看在咪咪的份上，我真想揍他一顿。”

胡伟康也会想揍人，这倒是一个大转变。胡伟康显然仍怀念着咪咪。但胡伟康又有了林小姐，一位像极了咪咪的女孩。而他呢？施平想起丘慧美，还有纽约那位简小姐。反正人生就是这么回事。连恋爱也得妥协。妥协。只有妥协。

施平在胡伟康的小屋坐了一个下午，到黄昏才离开。胡伟康并没有留他，只送他到车站。临别时，胡伟康又恢复了哲学家的潇洒，淡淡地说了一句话就转身离开。

“十年后再来看我，我仍然会在这里。”

施平目送林小姐伴着胡伟康走向小屋，他想笑，却又笑不出声音来。

四

去南部吧，南部是他的老家。施平咀嚼着老家两个字，脸上又浮现讽刺的表情。除了他自己，满车的乘客，又有谁会承认南部是他的老家呢？

“你的老家在大陆……”

“不，我的老家在南部……”

施平七岁的时候，父亲调职到南部一家工厂。父亲先去就职，半年后才接他们全家搬去南部那个小镇。父亲走后，几乎天天都在下雨。施平下午放学回家，就撑着伞到院子里捕捉蜻蜓。雨天捉蜻蜓很容易。也许因为翅膀潮湿的缘故，蜻蜓总是一动也不动地黏在枝头，只要从后面接近它，两手迅速夹住它的翅膀，立即手到擒来。每天下午他总可以捕到五六只蜻蜓，然后和大妹合作，在蜻蜓尾巴上系了细线，另一头绑着纸折的飞机，在家里比赛谁的飞机飞行得最久。到了傍晚吃饭的时候，才将未死的蜻蜓放走。每天他们都重复着这样的游戏。

搬到南部后，施平的新家没有院子了，只有一排芭蕉，再隔着一大片甘蔗田，便可以看见父亲工作的工厂。他们的新家是座两层的木房，地板很光滑，因为天热，走在上面脚底总有一层温热的感觉。如果故意用脚底摩擦地板，走路时就会发出吱吱的响声，十分可笑。才搬到新家没有几天，几个孩子都学会了这样走路，吱吱地走来走去，自己得意得要命。一直到母亲厌烦了，下令禁止，他们才恢复正常的走法。但母亲不注意时，施平偶尔还会表演一下，令吃惊的朋友发笑。

工厂的宿舍区在小镇边缘，他家前面还有几排宿舍，都是平房，后面便全是甘蔗田。宿舍区的小朋友不少，很快就和施平混熟了，经常结伴去偷摘其实并不好吃的甘蔗。他们上学还可以搭乘工厂的小火车。放学的时候，有时施平故意不在宿舍区下车，便坐了火车一路开到厂里。等到父亲下班，再随他一起回家。

施平和大妹都立刻喜欢上小镇。虽然家里不再有院子，也捉不到蜻蜓，但甘蔗田、小火车和永恒的晴天便足以弥补一切。母亲却始终不喜欢小镇的生活。她嫌南部天气太热，除了厂里的同事，又没有一个朋友。孩子的教育问题，也令她担心。每隔一阵子，她都会和父亲吵一次架，要求他设法请调回北部，可是父亲一直拖了下去。每次母亲逼得急了，父亲就答允明天一定写签呈，这样居然拖了八年。最后父亲终于被调职，却并不是出自他主动的努力。

虽然隔了将近二十年，施平仍然清楚记得那天早上，他从窗口窥伺对街的情景。工人就站在凤凰木下，树影遮掩住工人的脸孔。工人穿着厂里灰蓝色的制服，采取稍息的姿态，左手下垂，右手握着一件白白的东西，很久一动也不动。

“妈，那个工人还站在那里。”

施平拨开窗帘，想看得更仔细，背后传来母亲紧张的声音。

“要死了，尽站在窗口看什么？还不赶快躲开，一定要他认清楚你的脸？真不懂事！”

于是他们都回到早餐桌上。母亲一口稀饭也不喝，却催促他和妹妹们赶快吃。父亲紧绷着脸，似乎和谁在赌气。只有大妹不知天高地厚，还在追问：

“妈，他为什么不回家睡觉？他不累吗？”

终于母亲忍不住，打了大妹一巴掌。大妹委屈地号哭，引得更小的毛妹和幺妹也跟着莫名其妙地哭起来。

“这样的日子我真受不了。赶快赔人家钱，息事宁人算了嘛。他整天站在外面，我都快发疯了。”母亲尖叫着说。

“又不是我不肯赔。公家的事情，总要依照规章处理。公司承办单位我已经催了好几次，人家已经答应尽快办理。”

“尽快办理，尽快办理，说了多少次了？还要拖多久？我们母子的性命，你究竟有没有放在心上过？你还有人心没有？万一出了事怎么办？”

“不会的。这个人倒是老实人。手轧断这么久，现在才来闹，是厂里对不住他。赔是一定会赔的，你逼我也没有用。”

“到这个地步，你还说这种话！早要你调职，你偏不听，现在好了，我们迟早死在这里，你可称心了吧？”

一整天，母亲都不许他们出去。大妹吵着要上学，白白又招来一顿打。施平几次溜到窗边去偷看。那个工人始终站在凤凰木下，左手下垂，右手握着一件白白的东西。施平不明白他吃喝些什么，怎么能支持那么久。但工人却一直站在那里，守望着，守望着他们的木楼。

晚上，厂里的警卫老陈来了，牵来一条狼狗。狼狗的链条绑在门口的树上。几个小孩都很兴奋，想要出去和狼狗玩耍，被母亲喝止住。母亲到底盛了一小脸盆的饭，要老陈拿出去喂狗。后来父亲也回来了，叫老陈回厂里去。父亲疲乏地坐在桌前，母亲预留的饭菜，他一筷子也没动。

“明天就可以解决。”父亲的声音有些沙哑，“也好，经这件事情闹一下，以后厂里再发生事故，解决得会更快些。”

“没有下次了！”母亲的态度很坚决，“你不走，我带了孩子先走！下次再这样，我们还会有命在？”

“不是这个问题。员工保险制度没有办好，发生事故工人难免吃亏。我要争的是这个。这个人已经是老实人了。不能怪他。今天我对公司里的人讲得很清楚。公司不赔，我施某人自己赔。我们不能这样对不住人家。”

那晚母亲和父亲又大吵一架。施平心里惦念的却是那条狼狗。它肯吃饭吗？会不会跑掉？第二天大清早，他就跑出去看狗。狗果然不见了，小树上只剩下链条磨白了的痕迹，青青的树皮刮翻起一大片。施平急着找狗，别的什么都忘了，跑过凤凰木下，意外地被工人的声音吓了一跳。工人还站在那里，左手的袖子空荡着。施平终于看清工人右手拿着的是一张纸。工人羞涩地笑着。

“走去了。我去追，没有追到。”

施平十分懊恼。早晨轻轻的薄雾尚徘徊在甘蔗田间，远处的工厂已在冒烟，四周都静悄悄的。工人一半像是对他说，一半像是对自己说。

“走去了。是老陈的狗，会自己回去。我去追，没有追到。”

下午施平放学回家，工人已经不见了。施平从此再也没有看见过他。

不久，父亲被调职到新竹，母亲脸上又有了笑容。

一直到很久以后，施平才渐渐明白许多事情。尤其出国后，他受到葛日新的影响，每次想起那天早上，工人站在凤凰木下守望的一幕，他就觉得非常惭愧，好像是自己犯了罪似的。父亲对不起那位工人，他也对不起那位工人，他们都对不起他。那个人后来怎么样了？残废之后，公司到底赔了他多少钱？够他生活吗？

施平从来没有问过父亲这方面的问题。从小他就对父亲有些畏惧。父亲一向很少和孩子们亲近，全部精力都放在工作上面。施平有什么问题，总是去找母亲解决。施平进大学后，除了假期，很少回家，找父亲谈心的机会更少。父亲对旁人很和气，但对他的孩子却没有什么话可讲，似乎完全不关心他们的一切。有一阵子施平很不满父亲的专断，父亲和母亲吵架，他暗地里总站在母亲这一边。出国后，他和父亲的关系似乎反而改善了。父亲很少单独给他写信，偶尔会在母亲的信里面附一笔，不外乎那几句勉励上进的老话。他参加“钓运”那年，很久不曾给家里写信。后来实在忍不住了，洋洋洒洒写了四张信纸，报告他为什么会参加这些活动。信寄出后，他很担心会引得父亲大怒。隔了两星期，他接到家书，照例是母亲执笔，读到最后，却意外地发现父亲添了几个字：“你做得对。”接到信，他几乎落泪，对父亲的种种误会，因此几乎全部消失了。

回来后，有几次施平很想和父亲好好谈一些问题。父亲病体稍愈，每天下午，总是一个人坐在客厅里喝闷酒。施平不出去相亲约会的时候，也陪他喝一点。这在施平又是一个新奇的经验，从前父亲总不准他喝酒，现在居然还会倒一杯给他。他陪父亲喝酒时，感觉上似乎已和父亲平等，父亲终于当他是个大人看待。但是他仍无法启齿，和父亲严肃地谈问题，父亲也从不问他这些年在外面生活的情形。母亲逼施平出去相亲，父亲既不表示赞成，也不表示反对，仿佛都和他无关。父亲似乎已退缩到世界的一角，完全不愿意和外界发生关系。每次吃完饭，父亲一定拿着自己的碗筷，到厨房冲洗干净，放回碗柜里。父亲的床铺，他也每天收拾得整整齐齐。除此之外，他几乎什么也不再过问。父亲唯一剩下的嗜好就是看棒球赛。看球赛时，他会和小孩子一样兴奋。但看完球赛，他又退缩回自己的小天地。只有在陪父亲喝酒时，父亲虽然不说话，施平却感觉能够和他沟通。他们往往可以在客厅对坐一下午，默默地喝完一瓶绍兴酒。母亲最后总会从厨房出来骂他们。

“看你们父子俩，真是一对。平儿，来帮我排碗筷。”

每次母亲嘴里这么骂，施平反而觉得有种说不出的快乐。他好几次想问父亲，为什么会离开南部的工厂？是为了那个工人吗？是否父亲曾为员工的福利据理力争过？几次他想到这个问题，都说不出口。父亲即使真为员工争过，他也不会讲的。施平知道他永远无法问这些事。即使问了又怎么样？他的罪恶感又会因此减轻吗？

从南部回来，施平又约了丘慧美出来，对她述说他内心的感觉。

“我回南部老家去看过了。小镇变了不少，有柏油路，也有新式公寓了。我家的木楼早已拆掉，盖了一栋三层的水泥公寓。可是门外的凤凰树还在。我在树底下站了一晚，眼看着公寓里面的灯一盏盏地亮了，也听得见里面人们的笑声。我站到深夜，一直到房子里面的人全部入睡了，灯也一盏盏地熄灭，我还站在那里。我突然起了一个冲动，想要站在那里一辈子，永远做一个守望者。”

“守望者？”

“对，就好像灯塔的守望者一样，我愿意永远守望着我的老家。我讲我的老家，你也许会笑话我。老家的房子早已拆掉了，我在那小镇总共也不过住了八年。可是我仍然认为那地方是我的老家。住在里面的人我都不认得，他们也不认得我，或许并不会把我当作他们中间的一分子。我又有什么权利认为那是我的老家呢？但我仍然爱那个地方，我仍然爱那些人，尽管他们不一定肯再接受我。我想，没有关系，就让我永远站在外面做一个守望者吧。有危险发生了，我会呼喊，让他们知道。我会永远尽力保护着他们。我不一定能再回到老家里面看看，可是看到不看到又有什么分别？至少我有权利做一个守望者。”

“你说些什么？”

“我属于快要绝迹的一种人，这几天我常和父亲在一起喝酒，我就明白事实上我更接近他们那一代。我的出身是我无法改变的事实，这不是我的错，但我却必须对我的出身负责。也许只有做一个守望者，我才能弥补我们所做的一切，补赎我们一切罪过。”

“不要这样说。”丘慧美按住他的手，“你的事业在这里，不要胡思乱想。你留下来，一切都会很好。”

一切都会很好吗？施平有些疑惑，但是他仍然感激丘慧美对他的情意。他几乎忍不住又想吻她，但总算制止住自己，平平静静送她回家。

五

假期最后的几天也一转瞬就过去了。施平还有许多地方没有来得及去，许多书刊没有来得及看。他懊悔不曾向报馆老板多请几天假。他太迟才发现台湾出现了许多新的杂志，不少年轻人在默默耕耘着，许多新的东西在慢慢成形。一股本土文化的力量渐渐成长，这里、那里，到处都冒出几棵幼苗。这种新的倾向是施平在外面所不曾留意到的。他因此感到无比兴奋，买了一大堆书刊准备带回纽约去详细阅读。台湾知识界并不如他所想象得古井无波。他开始明白，“保钓运动”时种下的幼芽在海外虽已枯萎，在台湾却艰辛地慢慢茁长。这么说来，一切并未绝望。也许他灰心失望得太早了些？

也许并不必妥协，他仍可回来做一些事情？他看出有太多的事情值得做，只愁没有人做。自己的家乡绝对需要他。但是一旦认真考虑回台湾的问题，施平又觉得困难重重。他在外面一事无成，学位也未念完，能够这样就回来吗？过去的记录会不会影响他的前途？他毫无人事背景，父亲退休后，只剩下少数几位父执辈还跟他们家保持联系。他一个念文科的，如果找不到教书的职位，回来能够找什么样的工作？

这些问题困扰着施平。最后的几天，每天晚上他都和丘慧美在一起。丘慧美不断鼓励他，要他回来。她很明显地表示，只要他回来，他们的婚事必定成功。即使她的家人反对，她也嫁定了他。施平对丘慧美的情意不无感激，但他总觉得她是个太现实、太厉害的女人。她已过了婚龄的黄金时期，也许不甘心嫁给年纪稍长的男人。无论如何施平现在还算是留学生，有一点点本钱，勉强够资格赢得她的青睐。他若回来，连这一点点本钱也没有了。结婚后她还会看得起他吗？她已有她的事业。他将如何自处？

一直到临走的前一天，丘慧美特地请了假到他家陪他，帮他整理东西，这等于逼他摊牌了，施平仍无法做个了断。他有时觉得应该力争上游，回来娶丘慧美，好好干一番事业，有时又觉得不如留在纽约，至少还可以跟简小姐混混，偶然替华埠居民打抱不平，也不失一条出路。同是天涯沦落人，简小姐绝不至于瞧不起他。施平就在这两个极端之间摇摆不定。对于两个女人他都不能说完全没有感情，却也说不上是爱情。不过目的虽然在解决婚姻大事，爱情已不那么重要。偏偏婚姻和事业的问题又纠缠在一起，使得施平难以下决心。丘慧美陪了施平一整天，看他言辞闪烁，对结婚的事情始终支吾其词，连一张远期支票也开不出来，终于忍不住大发脾气，流着眼泪走了。施平气走了丘慧美，又感到万分抱歉，想起她的种种好处，这么一个理想对象自己竟失之交臂。母亲和幺妹发现他和丘慧美吵架，都替丘慧美抱不平，要他赶紧去向丘慧美道歉。施平无奈，坐车赶到丘慧美住的公寓，走到门口又不敢进去，徘徊了许久，还是鼓不起勇气来。他怕回家又被母亲盘问，索性躲进电话亭，在里面打了一整晚电话，所有来不及见面的朋友，都一一打电话去辞行，这样消磨掉一个晚上，到十一点多才回家。幸亏母亲已经先睡了，幺妹还在等他回来。听施平讲他的种种顾虑，连幺妹也不禁大摇其头。

“哥哥，想不到你竟这样优柔寡断，一点也不了解女人的心理。我要是丘慧美也会被你活活气死。你为什么不对她求婚？然后再谈去留的问题。她肯答应嫁给你，还会不帮忙你想，怎么样对你最好？哪一个女孩子不希望丈夫神神气气的？只要你肯开口，我相信她一定会答允陪你出去，至少等你念完博士学位再一起回来。你怎么会这么笨？”

施平被幺妹数落了一顿，更觉难过。但这就变成谁为谁牺牲的问题，他觉得自己实在说不出这些话来。何况他对念博士并无把握。学业已经荒废了许久，万一丘慧美真答允陪他回纽约，他又念不下博士呢？都是问题。都是问题。

施平胡思乱想了一夜，第二天早上起来，真是头昏脑涨。幸亏行李前一天已经整理好。胡乱用过早餐，母亲和幺妹就陪他去松山机场。这次离开和当年出去又大不相同。当年还有一番雄心壮志，现在只觉前途茫茫。他们到了机场，不一会大妹和毛妹也赶来送行。施平看看母亲和几个妹妹，眼圈不由得红了。幺妹却笑着在一旁羞他。

“哥哥真没用。你要回来，每年都可以回来，有什么好难过的？”

施平正想解释几句，有一个人冲过来紧紧握住他的手。施平吃了一惊，仔细看这位赶来送行的人，原来是他的中学同学陈泽雄，去年在纽约还见过一面的。陈泽雄握住他的手说：

“施平兄，幸亏你昨天晚上打电话给我，不然这次就错过了。”

“实在抱歉。我昨晚打电话跟你辞行，没想到你真跑来送我，太不敢当了。”

“哪里，我一直想，你如果回台湾，我一定要请你来我家坐坐。可惜这次来不及了。”

“下一次吧。”施平心不在焉地说。他注意到机场墙壁上的大钟，还有一小时就得登机了。也许他还来得及打个电话给丘慧美？他不能这样就离开。他突然觉得必须再见她一面。也许他应该留下来，改搭下一班飞机？

“其实我今天来机场还有别的事。我是来接我表妹的。就是你的好朋友葛日新的太太。”

“你是说王亚男？她也回来探亲？好极了。葛日新没回来吧？”

陈泽雄满脸诧异的表情。

“施平兄，难道你还不知道？葛日新上个月撞车死了。我以为你们在美国一定早就晓得了。”

施平本来心神恍惚，听陈泽雄这么说，一下子清醒过来。

“什么！你说葛日新死了，怎么死的？”

“听说和卡车对撞，因为是下雪天，刹车不住。他死得很可惜。我表妹也可怜，一个孩子才五个多月大。这次都一起回来了。”

“葛放死了！”施平喃喃地说，“就这样去了？真冤枉，真不值得！我居然完全不知道。真不值得。太不值得了。”

施平说着，不由得热泪满眶。泪眼模糊中，有一只柔软的手伸过来替他拭去眼泪。

“施平。”

“慧美！”施平喊道。他顾不得旁人的注视，一把搂住丘慧美。

“慧美，你一定要等我。我会回来的，我一定会回来！”

六

陈泽雄送施平上了飞机，便到楼上圆山饭店机场分店里找个位子坐下，要了一碗肉丝面。表妹的飞机下午三点钟到达，他还得等候两个多钟头。施平临走感情激动地和一个女子抱头大哭，令陈泽雄很感意外。陈泽雄不懂施平为什么会这样伤感。那个女子也不见得有多漂亮，化妆后还显得十分苍老，比表妹差得太多了。真不明白施平怎么会和她难舍难分。

想起表妹，陈泽雄不由得暗自叹息。表妹的命真坏，连几天好日子也过不得。这次回来，舅妈家里又要闹得人仰马翻了。明蕙早已一再警告他不许再管表妹的事，但他不接表妹，谁来接她？舅母知道葛日新撞车的消息，立刻病倒。舅父身体也坏极了，两人都来不了台北。到最后陈泽雄不免又和明蕙吵一架，向公司请假到机场接她。似乎是命中注定，他永远得照顾表妹。小时候表妹每次被人欺负了，就哭着跑来找他。他即使明知会被人揍得鼻青眼肿，也只有挺身而出。现在表妹又将回到他身边。他还是得尽力保护她，不管明蕙会怎么想。

肉丝面还没来。陈泽雄无意识地敲着筷子，冥想着表妹一生崎岖的经历。舅母早就谅解了表妹和洪显祖的婚变。他们离婚后，洪显祖把萱萱藏了起来，赡养费也始终分文未付。舅母十分气愤，说到今天才看清楚洪显祖的真面目，要写信去骂他。表妹反而来信劝舅母说算了。洪显祖既然那么疼爱萱萱，孩子就让他抚养，以他的财势，将来也不致坏到哪里去。她还年轻，还可以再生小孩。不久她就正式和葛日新结婚。舅母起先对葛日新印象很坏，又听说他思想有问题，担心得要死。陈泽雄极力劝解，为葛日新讲了许多好话。后来他们结婚，两人都找到工作，生活也安定下来。表妹偶然来信，都透露出对现在的生活极满意。舅母对新女婿的印象从此有了一百八十度的转变，还要舅父想办法找人疏通，设法替葛日新洗刷罪名。想不到结婚没多久，孩子刚出世，葛日新就出了车祸。舅母终日以泪洗面，立刻赶办出境探亲手续，准备去帮表妹照顾孩子，手续还未办好，人却病倒了。恰巧表妹的信也到了。她打算办完丧事，就回台湾来住。

肉丝面终于来了。陈泽雄看看腕表，一点半钟。饭店大厅里没有几个人，侍者无聊地站在一旁谈天。表妹搭乘的飞机现在应该已飞离日本？不知道她在想些什么？想念葛日新？想念萱萱？他回想起第一次送表妹出去时的情景。她穿着黄卡其学生制服，头发剪得短短的，显得好洒脱。不知道她记得不记得，那天林欣还捧了花环去送她？

两点钟，陈泽雄回到候机室。机场里人潮汹涌，大概是另一班飞机要起飞。几位学生模样的青年拼命朝柜台挤，一个穿着便装的美国人满脸嫌恶地推开他们，不让他们插队。

“不要挤。你们中国人就是这样，什么地方都要挤，真是天生的难民！”

“谁是难民？”一位学生愤怒地反唇相讥，“你不喜欢台湾，就请你回美国去！”

“哦？”美国人冷笑着说，“那么你们为什么还要挤着去美国？”

学生还想回骂，被同伴劝开了。陈泽雄挤出人丛，到机场门口玻璃门外等候。来接机的人们不久就围成一个半圆圈，后面的人还拼命踮起脚来探看。玻璃门每打开一次，就有几个人出来，引起一阵欢声。第三次打开门的时候，表妹抱着婴儿走出来。她穿着黑色的衣服，紧紧抱着孩子，脸上显出疲倦的神色。陈泽雄连忙迎上前去。表妹看见他，嘴角微微有些笑意。

“大雄。我知道一定是你来接我。”

“你累了吧？孩子我来抱。”

“不用，我不累。”

陈泽雄扶着她上了计程车。表妹没有带什么行李，指示陈泽雄把黄色的小手提箱拿上车，其余的放入后面的车厢。

“都是贝贝的东西。这小东西，一路上还蛮乖的。”

“到我家休息一下吧。明天我送你回新竹。”

表妹摇摇头。

“不用，你送我到火车站。我自己会回去。”

“休息一下再走好不好？”

表妹仍然摇头。陈泽雄无奈，只有吩咐司机开往火车站。一路上他想不出任何话来安慰表妹。表妹紧抱着孩子，将孩子的头依靠在她瘦削的肩膀上。快到车站时，表妹轻轻地说：

“贝贝，你看人好多啊。这么多中国人，你还从来没见过吧？爸爸一辈子想回来，都回不来。你比爸爸还福气呢。爸爸要你也好好做个中国人，你会吗？”

陈泽雄转过脸看表妹，他第一次注意到她额上和眼角的皱纹。他吃了一惊，恨不能将她搂在怀里。这些年来她被折磨得够惨。只要可能，他愿意牺牲一切来保护她，再不让她受任何苦楚。他张开嘴，却说：

“我应该送你回新竹。”

“别孩子气。”表妹说，“你来接我，我已经很感激了。贝贝很乖，你不必替我担心。”

他们到了车站。表妹抱着孩子，陈泽雄提着行李跟在后面。微微有点风。孩子的小脸在表妹肩头一晃一晃，眼睛闭着，嘴巴却形成一道弧线，好像在微笑一般。